U0904213

今宵欢乐多

冯唐 著

1
月

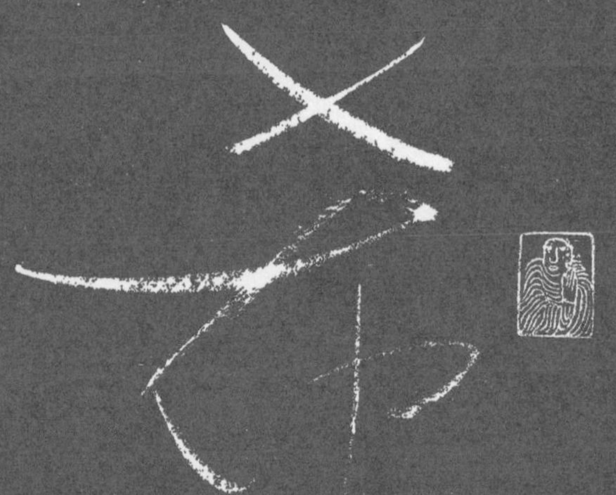

1月

1

有本事，

不怕事儿。

新年快乐！

放手天下事，着手一炉香。

1月
2

天大的理抵不过『我高兴』。

人活天地间，不高兴、不痛快的事儿太多了，占的比例太高了，在不给他人添麻烦的基础上，理直气壮地文艺一点儿、不着调一点儿、纯粹个人主义一点儿、生活会美好一点儿，梅花就落满了南山。

1月
3

我在微信上问老同学："做个小调查：活着活着就老了，迄今为止，你最大的感触来自哪里？"

答案列举如下：

"我的感触是膝盖，还有鬓角的白发。"

"买了一个假发套，五千块，有活动的时候就戴上，看上去好些。"

"戴老花镜容易眼疲劳，短时间可以，长时间不行。"

"看见年轻貌美的小姑娘，不是想和她谈情说爱了，而是想：这人做我儿媳妇可能也不错。"

"年轻时生着病也不会耽误吃自助餐，现在即使饿着肚子去四季酒店自助餐厅也没啥胃口。"

"年轻的时候躺下了，一个鲤鱼打挺就起来了；现在蹲下去能站起来就不错了。"

"年轻的时候从来不想：我老了会怎样。现在总是说：我年轻的时候如何如何。"

我忽然释然了，岁月饶过谁？"花开满树红，花落万枝空。唯余一朵在，明日定随风。"

1月
4

多读些『无用』的书，
更有用。

以技教人做事，相当于在树荫下，一边跳舞一边喊：“雷电雷电，来劈我吧！”迟早要完。

1月
5

平视这个世界，
既不是仰视，
也不是俯视。

你跑步时，大概是不能只看天上，也不能只看脚下的。只看天上，你跑步得清场；只看脚下，你跑步得栽跟头。

平视这个世界，你才能跑起来。平视你周遭的关系，能让你离真实近些。

1月
6

如何能笃定地、
有意义地、充分地活这一生？

跟随理性去生活，不要去管别人。理性给你的任务，你完成了，就能完满地过一生。

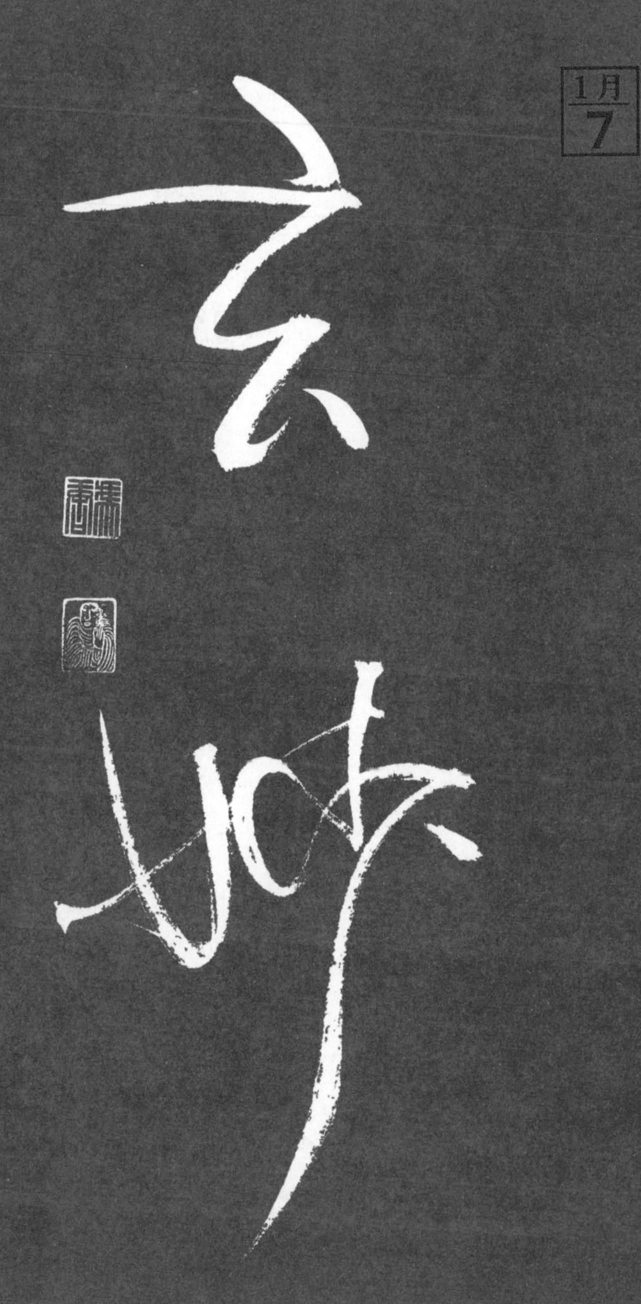
1月
7

1月
8

老妈说，我看你傻，你看我傻，
大家都傻，点到为止就可以了。

我："我到时候可以把钱留给你。"

老妈："我缺钱？我不缺钱，我有好几百万。"

我："你缺啥？缺爱？缺德吗？"

老妈："我不缺德。我缺心眼儿。"

1月
9

一碗明月一壶酒，
对望残雪与断桥。

上古时候，如果喜欢一个姑娘，百分之八十的人说不出口。剩下百分之十九点九的人说，我想你。最后百分之零点一的人说，看不见你的一天，漫长得仿佛三年。这些文艺青年，在中文的形成期写出了《诗经》。

1月
10

做一个又多情又真实的人，

而且能在油腻的世界上生存。

1月

11

三十年前穿的走进春天里去泡妞的牛仔裤现在还能穿，我开心地笑出声来。

第一次接触轻断食是在日本伊豆，连续四天。我试了一下，完全没觉得有啥难度，四天轻松飘过，还慢跑、抄经、逗狗。

回来给家里人吹嘘此事，我老哥说："你知道为什么吗？"我说："不知道。"

"你二十五岁前没啥吃的，饿习惯了，并不是什么天赋异禀。"

1月

12

简简单单的喜欢，纯纯的爱，

跟最原始的本能和最终极的快乐密切相关。

元气真是奇怪的东西。元气足的人，如果是猎人，就能比别人多打很多只兔子；如果是木匠，就能比别人多做很多把椅子；如果是物理学家，就能比别人多想出很多个公式。

从古到今，偶尔有元气极足的人，比如孔丘，感觉他应该是个倔强不屈的可爱老头儿，一定是个爱唠叨的人。当时没有纸，如果让孔丘直抒胸臆，现在大熊猫一定没有竹子吃了。

1月
14

1月
15

老妈说：『啥好都不如长得好。』

我姥姥带大了我哥、我姐和我。我姥姥比我妈明显漂亮，我妈比我姐姐明显漂亮。我姥姥说，女人和西瓜一样，一辈儿不如一辈儿。

我小时候没事儿就生病，街上流行什么病，我就得什么病。烧糊涂的时候，就听见我姥姥在神龛前用蒙古语叽里咕噜唠叨。我问她在说什么，我姥姥说：“风，云，雷，电，马，山，河，连我外孙的命都保不了，我吃光你的米饭，喝光你的酒。”

1月
16

老妈误操作，激活了 Siri，

但是骂人没停：傻子。

Siri 回答：

I am not sure what you said.

最根本的诗意，

如同第一千零一种风的味道。

1月
18

饱暖之后，有效时间不够之后，

人应该有点脾气。

人有点脾气后，不写就是不写，什么都可以是理由：微妙细节不写，男女关系不写，妇科肿瘤不写，情感问答不写，规定题目不写，千字少于两千元不写，不提前付款不写，昨天没睡好不写，痔疮犯了不写，米粥不稠不写，电脑太慢不写，没头脑不写，不高兴不写。

1月
19

做个诗人是种
生活态度。

如果人不能沉迷于人，在美好的人身上看不到美好，他很难成为一个美学家或诗人。

1月
20

老妈问：“你看你爸穿上你买的这个背心像乌龟吗？这是要出海吗？”

两个人在现世一起六十年，前世冤孽。

1月
21

1月
22

曾有个每周八十小时的全职工作，一半以上的饭在飞机上吃，闻到空姐用微波炉热餐食的味道，我要使劲儿忍住不吐出来。

习惯之后，我也体会到这种生活的好处。常能看到沸腾到仿佛虚拟的生活，很难归到正常人类的人类没有时间和精力在细碎的事物中烦闷，见花对月，泪还没落心还没伤，人先睡着了。

或许是种辛苦禅，修为不够之前，通过亲尝，理解世界。

老妈拿大暖壶泡牛栏坑肉桂茶的

态度永远是我力量的源泉。

1月
24

老妈说："爱情是短暂的，
钱、事业、前途才是永远的。"

范蠡在春天的溪水边看到西施，用自己的魅力、爱国主义说服西施到吴国去。再到春天，再临溪水，西施恨不恨他？想不想一脚踹他到水里？想不想对她无限眷恋却失了江山的夫差？我宁愿相信这是传说。《史记》里没有西施。

1月
25

所有春天的所有早上，

第一件幸福的事儿，

是一朵野花告诉我它的名字。

1月
26

我背诵的最早和最熟的唐诗之一是“绿蚁新醅酒，红泥小火炉。晚来天欲雪，能饮一杯无？”老爸天生酒精过敏，滴酒不沾。但是每到冷天，每到夜晚，每到想喝口小酒，我每每闭着眼听到老爸像老猫一样爬起来，去照看那早已不存在了的炉火。

老妈的本事是在哪儿都能成为当地之花，

无论何种天气、何种方言、何种文化。

1月
28

1月
29

成长过程中我总觉得老妈完美地代表了佛的对立面：争强好胜、执着凶蛮、恋物贪婪、强迫症、不达目的决不罢休。但是近几年我体会到，两个极端有时候只隔了一层纸，佛的对立面转瞬就是佛。

1月
30

老妈存了三两张我的老照片，
说：『三十卖萌，事业有成。』

人容易被噪声、欲望、人性的惯性所裹挟，

想过决绝的个人主义生活，并不容易。

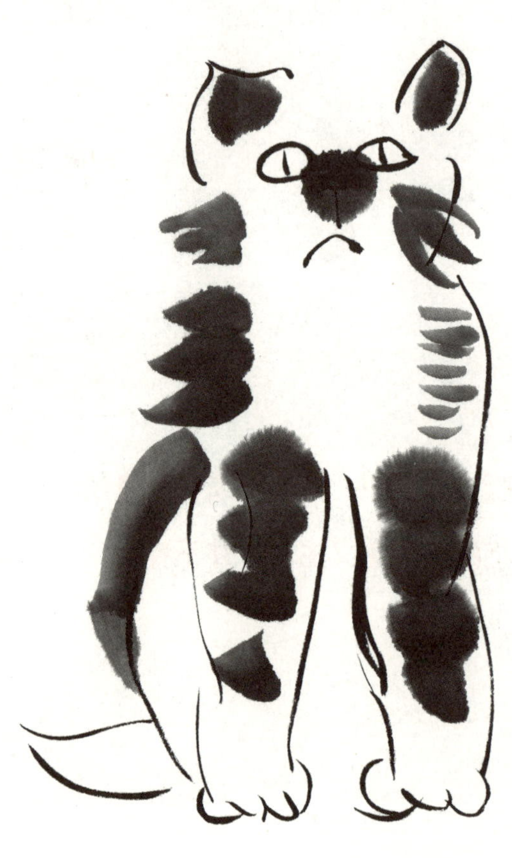

临事敬对猫上虎 事了闲看落花

冯唐

2月

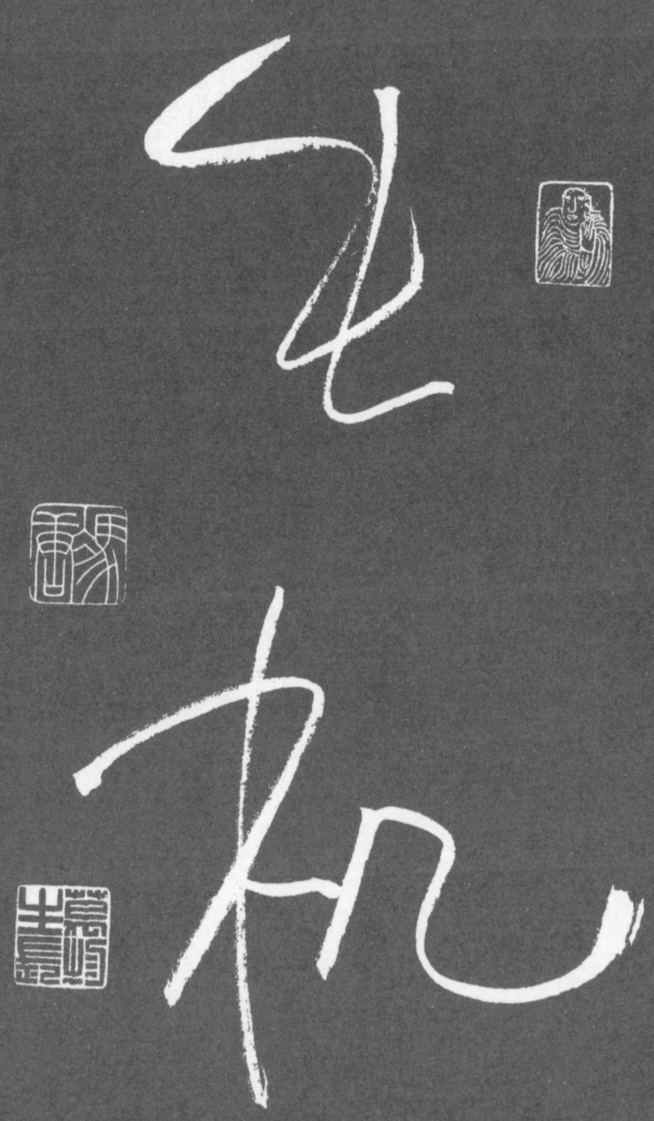

2月

1

老妈说：“喜欢春节，收的礼半年都吃不完，

收的零花钱半年都花不完。”

又到春节了，老妈说：“喜欢生而为人。”

2月
2

老舍先生写理想家庭，说“这个家庭顶好是在北平，其次是在成都或青岛，至坏也得在苏州。无论怎样吧，反正必须在中国”。如果老舍先生还健在，他在哪里，北平就在哪里，哪里就是北平。

2月
3

小时候和哥哥、姐姐坐在屋门口聊天。哥哥问姐姐：女人是什么？姐姐问哥哥：男人是什么？他们一起问天：爱情是什么？人生是什么？我一边听一边想：傻啊，你俩能代表男人和女人吗？问天问地如果能有答案，屈原不早就记录在《天问》里了吗？

2月

4

老妈说：“我如果完全没了妄念，我就不是活的了。你也争强好胜、执着凶蛮、恋物贪婪、强迫症、不达目的决不罢休，只是读书多了之后你隐藏得比较好罢了。”

2月
5

老妈说："租房便宜了房东，买房能留给子孙。股票是套人钱的，银行也可能倒闭，真缺钱的时候，古董论斤卖都可能卖不出去，还是房子好，留给子孙收租金。"

老妈没学过金融，但是分析得都在点上。

2月
6

《清异录》《随园食单》里面的很多果、蔬、禽、兽、鱼、酒、茗已经成为传说。现在的一些食材，仔细检查，很多食品和天地的关系越来越远——鱼虾不再生猛，果蔬不再闪闪发亮，泡茶如何敢再用雨水、雪水、泉水？！

2月
7

不要等死后、病后才知万事空，在死前、病前，多去去墓地、三甲医院 ICU、古战场，多读读《资治通鉴》，特别是涉及改朝换代、钩心斗角，最后却没一个有好果子吃的那些篇章。

2月
9

让肚子不饿的花样有很多，
让脑袋不空的方式
实在不多。

2月
10

葱、蒜还是最美味的，

和谁一起吃喝还是最重要的。

老妈说她对老爸可好了，“我给他加强营养，熬了银耳汤，放了红枣、枸杞、冰糖，盛了一碗给他，逼他吃了大半碗。剩下小半碗，我沤肥料、浇花了。”

老妈披着红布染头发，说：“昨晚看电视上说有一批鸭子非正常死亡，被非法加工。”正说着，老爸进门，说：“买了半只鸭子，便宜得不可思议！”

2月
12

和老妈回忆往事之后，我问老妈：“那什么是爱情啊？”

老妈反问：“我为什么要告诉你呢？我又没收益又没乐子，先给我一百块钱再说。”

2月
13

去陪老妈吃午饭，鉴于往年上当吃她冰箱里存了N年的熟食，我给她带了如今街头能买到的下酒菜。她说："有哥哥不能没嫂子，有酒不能没饺子，我给你煮点饺子就酒吧。"

吃完，回到住处，感觉不对，问老妈："您的饺子是什么时候的？谁送的？机器包的还是人包的？"

老妈回复："忘了，两三天前的吧？"

我接着问："两三天前是几个月前？"

老妈回复："咋啦？几个小时过去了，没事就是没事，别那么多事儿，知道不？"

我默默开了一瓶酒，默默喝了起来……

2月
14

2月
15

我小时候放学回家，十几平方米的小房子通常都挤了十几个人。一锅肉，二锅头，流水席，十几个人走了，再来另外十几个人。我一直认为老妈有创建团队的群众基础和个人魅力，但是最终这类事情她都没碰。

2月
16

我告诫老妈："您这个岁数，这些白酒不能喝了啊，喝了会死人的啊。"

老妈说："本来想让××带回给×××喝的，喝死他算了，结果忘了。"

2月
17

吃肉吃到一半，我问老妈："这是什么肉？"

老妈说："象肉。"

我问："哪来的？"

老妈说："老家。"

我问："什么时候来的？"

老妈说："昨天……你觉得这猛犸象肉好吃吗？"

2月
18

“您为什么不找个男朋友？”我问。

“我等你介绍一个配得上我的男宠。”

老妈说。

2月
19

为什么人类总是这么愚昧？

尽管书里已经说得这么清楚，

现实中还是不停循环、一错再错。

2月
20

不提成功之类的战略结果，
即便在战术上，
也要**审时度势**。

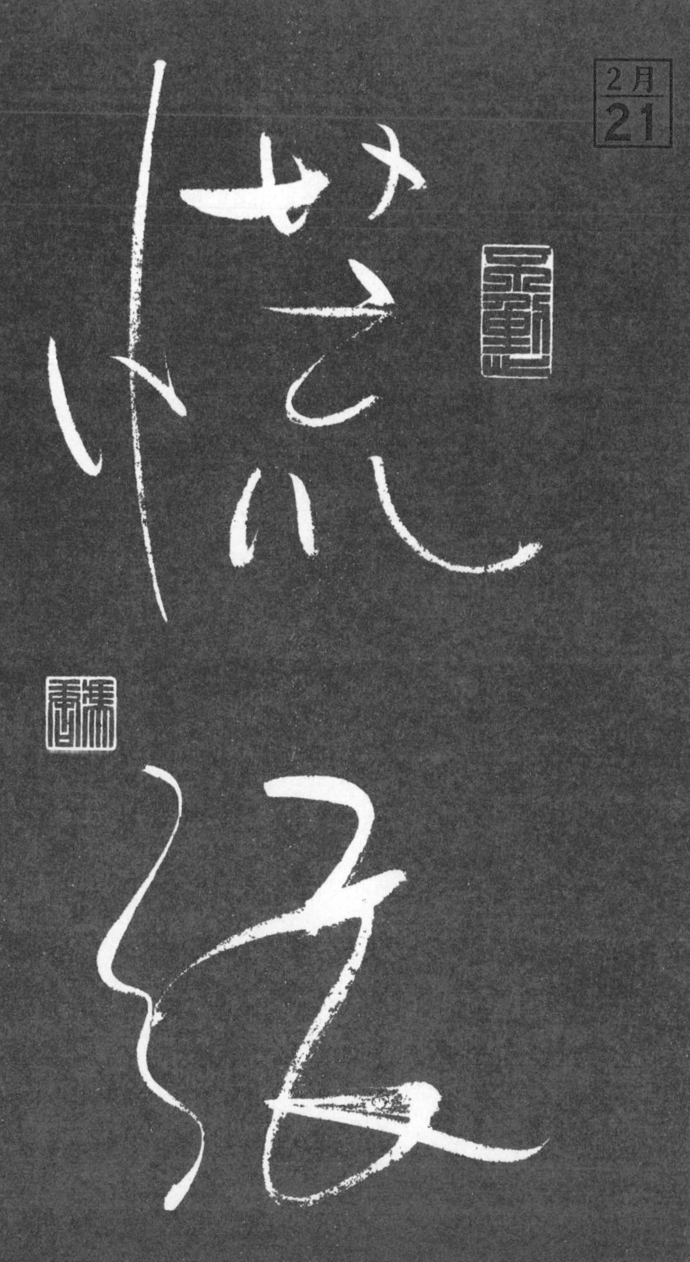
2月
21

2月
22

好的诗、好的词，一背就容易犯困。如果你一个月、一年、三年、五年、十年都是背着唐诗入睡，你的气质想不好都难。哪怕你长得像猪八戒，或者像猪八戒他二姨；如果十年之中你都是背着唐诗入睡，你看上去也像李白、杜甫，或李白的妹妹、杜甫的妹妹。

老妈说：“有知识不一定有见识，你有知识，我有见识。你说，你又不常回来，我和比你更傻的人怎么相处啊？比如你爸。”

2月
24

我问："为啥女的活得长？"

老妈说："因为男的太鸡贼。"

你有道德，小人没道德，你站着，他趴下；你遵守规则，他不遵守规则，那你就处于劣势，降维打击的小人就有优势。我坚定地认为，人先于事，宁用朴拙君子，不用聪明小人。

齐白石给自己立一个七戒：

戒酒、戒烟、戒狂喜、戒悲愤、戒空思、戒懒惰、戒空度……

没有戒色，不算八戒。

2月
26

时间长了，
可靠的人还是比不可靠的人
拥有得更多。

经常减少自己的欲望，看一看世界的奇妙。静听风声如海，静听花开，静听月光落在树叶上，静听蛤蟆掉到井里——“啪嗒”。有点欲望也可以，想清楚欲望到底是个什么东西，到底怎么用它。

2月
28

昨晚梦见海啸快到家门口了。我说咱赶快打车出城，越晚越贵。老妈死活要收拾她的那些破烂，一手七个包，就是不走。

3
月

3月
1

冯梦龙改变了我诗歌的趣味和模样，

《高僧传》改变了我人生观的语法和大纲，

我妈这个妇女改变了我妇女观的细节和主张。

3月
2

老妈说我哥："你没审美。"我哥反问："我怎么就没审美了？"老妈说："你要是有审美，自己为什么这么难看呢？"然后，然后我哥没说什么就走了。

世间美好的东西太多，美酒、美文、美人、美景、美味、美玉、美衣、美梦……偏偏时间不多，非常不美，以有限时间面对无限世界，快，没用。

我妈和我姐去旅游，发现上山时我姐走在前头，下山时我姐走在后头，我妈决定要和我姐谈谈她为什么这么做。我姐说：“怕您一失足砸到我。”

3月
4

现在是透支年代，透支钱包，透支身体，透支情感，透支智商——不慌不忙、盈科后进，难！

从容些，专注些，慢些，才是真对自己好。

3月
5

做大事，有担当，就靠聪明和强悍。

别人做一，你做百；别人做十，你做千；功夫下到，笨人也会变聪明，软蛋也会变强者。

3月
6

偶尔妒忌、贪婪是人之常情，但是你光妒忌，成不了事，还不如少花点气力在所谓的妒忌和贪婪上，俯下身段去干就好了，该看书看书，该写作写作，该干事干事。

以平常心看待妒忌和贪心，别苛责自己，以平衡心处之，不要让底线失守，别过分，不害人。

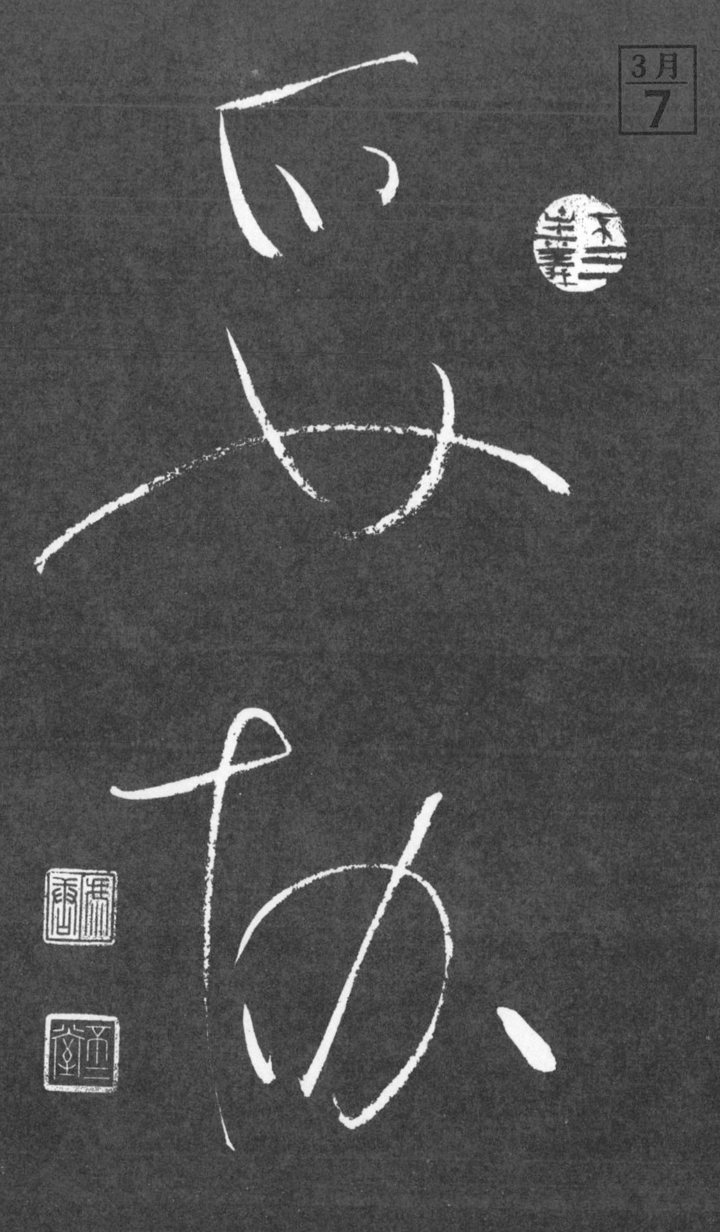
3月
7

3月
8

没有万无一失的墙，
只有不够“努力”的贼。

汉文帝来到给自己修建的陵墓中，让夫人弹琴，自己伴琴声而歌，歌声凄凉。他跟大臣说：“我用巨大的山石作为棺材，死死封住，谁还能动我？”张释之说：“只要里边有被人惦记的东西，就一定会被打开。”没有万无一失的墙，只有不够“努力”的贼。怎么办？不如干脆忘了这些事，日子可以过得比较踏实。

3月
9

没有什么人的脑门上
写着一个大大的『渣』字。

“老实和尚不老实”，这是我常说的、古龙小说里的一句话。生活中这样的人不在少数，貌似忠厚，其实内心鸡贼得很。

3月
10

我看完一部英文原版长篇，就在英文字典的扉页上画上“正”字的一笔。鲁迅在杂文里说，他在日本无聊的时候看过一百部小说，之后写小说的底子就基本有了，后来就成了文豪。我也想在二十五岁之前看完一百部英文原版长篇小说。好久之后，我隐约发现，我被鲁迅误导了。他说的一百部，不一定都是长篇，很有可能大部分是短篇，而且是日文短篇，而我看的都是英文长篇，都在三百页以上，多花费了我好多时间。

3月

11

老妈问：“我是个幸灾乐祸的人吗？”

我说：“是。”

老妈说：“信不信我一不留神噎死你？”

3月
12

看到摄影师给我老妈拍的神片子，网友神吐槽：知道北京的女人为什么没人疼吗？不会撒娇，不会嗲！比男人还能干！如果喝了点酒，那简直能策马奔腾，跟梁山好汉似的！没喝酒前她是北京的，喝完酒后北京是她的！

3月
13

一不小心就俗了。

年轻人带着肚子里的书、脑子里的野心和心里的姑娘，想去寻找能让他们安身立命的位置和能让他们宁神定性的老婆。但是一不小心就俗了，他们不再和自己较劲儿，天蓦然暗下来，所有道路和远方同时模糊了。

3月
14

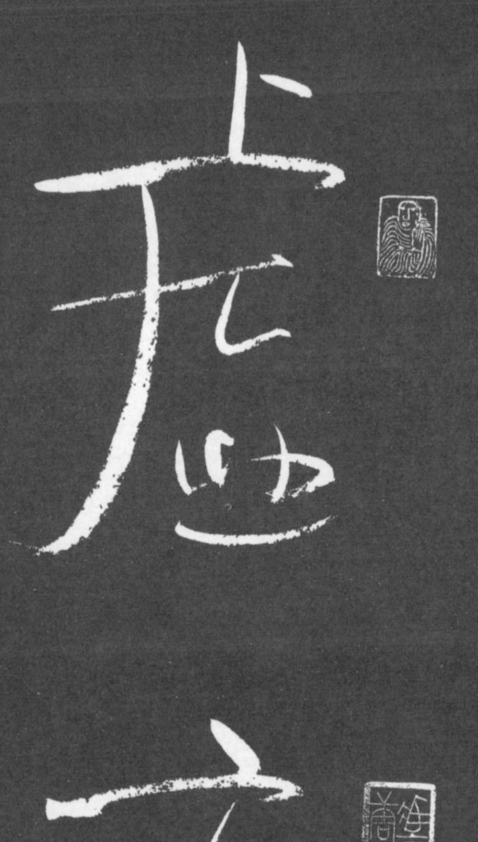

3月
15

我到了年近半百才明白，能睡是第一要义。不做噩梦，一个人才能睡好。

3月
16

人的生命具有一种最和谐的美感。

面对生命，任何矫饰都会破坏这种美感。

想起《红与黑》里司汤达表达的悲哀：一个双颊绯红的十六岁姑娘为了参加舞会，偷偷涂上了胭脂！

3月
17

董仲舒三年不窥园，念书念得入迷，花园里天天有姑娘，但是他看都不看一眼。我上中学的时候，对此总是不解。这有什么呀，还好意思记到史书里?

上了大学，心智渐开，世事渐杂，楼下有姑娘，我一定会跑去看了。

3月
18

我总劝老妈管理好欲望，欢度晚年，遇上想不开的事儿，就默念一百遍：都是浮云。

她说，人没了欲望就是行尸走肉了，劝我觉得她别扭的时候，就默念一百遍：百善孝为先。

3月
19

这几年，骗老人的骗术越来越专业。我老妈每次都会被“免费”两个字诱惑，但是依靠智商每次都能免于被骗。

老妈有天忽然惊慌失措地跑回来，说骗子的三个陷阱都被她识破了，她还领到了有宇宙能量的免费金属手串。“那您为啥惊慌失措？”我问。“我觉得骗子眼神里有种气急败坏的感觉，可能想找个顺手的东西打我，我在他找到之前赶紧跑了，有点后怕。”老妈说。

3月

20

博客兴起的时候，我问老妈："您看我的博客了吗？"老妈说："全人类都能看见就一点兴趣也没了，不如买个红外夜视望远镜，看隔三十多米远那个偶尔不拉窗帘的房子里，两人之间到底能做些什么。"

3月
21

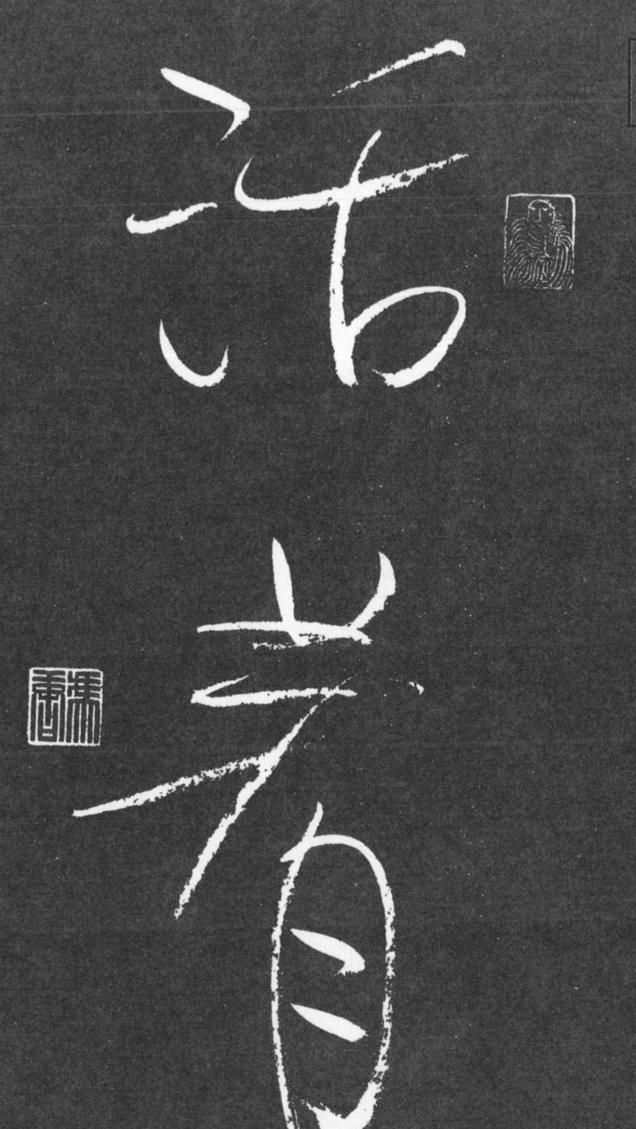

3月

22

美好的事儿

读《剑桥中国隋唐史》和《旧唐书》

看初唐时候的百万人口的长安

隔着西堤上的芦苇和柳树

看远处的玉泉山

透过你的头发

看你的脸

小时候，读刘大白的《邮吻》。他写这首诗的时候，已经四十三岁。我心想，他真是臭流氓啊，这么大年纪了，还写诗，还是情诗。我到四十岁的时候，发现自己也写了百来首诗，也有情诗。看来真是不能臧否他人，否则很容易有报应。

3月
24

人说到底还是长在土地上的某种动物，甚至是某种植物。挪能挪到哪去？总要落到一个地方，要吃饭，要睡觉，要发生故事。所以从这个角度上来讲，每一个有历史的城市都像一口火锅，我们都在这口火锅里上蹿下跳，发生各种故事，被岁月煎熬，被岁月吞没。

老妈原来血压一直偏低，十五年前开始血压高，我说她的病因是物欲太强、物执太盛，把屋子里的东西扔掉一半，血压就恢复正常了。

老妈回我一个字：滚。

3月
26

心理上的距离需要保持。

黄脸婆永远是黄脸婆，梦中情人淡罗衫子淡罗裙，总在灯火阑珊处。可是走近些，挑灯细看，灯火阑珊处的梦中情人也不过是另一个黄脸婆。

但丁足够聪明，暗恋Beatrice四十年，得《神曲》三篇。他从不敢让他的暗恋接受日常生活的洗礼，所以他的暗恋悠长。试想若两人结合，但丁便不会觉得Beatrice比一盘新出炉的比萨饼更诱人。

文君解风情，听得出相如撩人的琴心。文君有勇气，千金身家一笑抛之，随相如私奔天涯。文君充满世俗智慧，开个小酒馆，从而过上小康生活。可到头来，有好妇如文君，相如还是要逃。

3月
27

做好小事，
想点大事。

总觉得自己还没老，翻阅十页《明史》和《汉书》，还能突然听到心跳，妄想：达则孔明，穷则渊明，杨振宁三十五岁得了诺贝尔奖，或许努努力，走走狗屎运，我还赶得上直达凌霄阁的电梯。

3月

28

我写诗的时候，总觉得有些句子就在我心湖的湖底，喝多了我就能沉入湖底，打捞诗句。我写小说的时候，总觉得这个小说就在我脑海的岩洞，睡深了我就能潜入洞中，搬运篇章。不知道未来五十年的元宇宙技术进步，能给我什么比酒精和睡梦更好的创作工具。

我想，总有一天，我们的灵魂会在元宇宙里永生，肉身不过是浮尘，只是让我们把灵魂泡入元宇宙的一袋茶包而已。

一个人喝茶。

自古以来，一个人喝茶是做个好学生的基本功。一杯泛青的茶，一卷发黄的史书，便可以品出志士的介然守节，奸宄的骄恣奢僭，便可以体会秦风汉骨、魏晋风流。

3月
30

学医的时候饥饿缠身，我最常问自己的问题是：我为什么而活着？翻遍图书馆，找到了英国人罗素的文章《我为什么而活着》。罗素说，对爱情的渴望，对知识的追求，对人类苦难不可遏制的同情心。

两岁前，我没啥个体意识，没啥感情，没啥审美，没啥记忆，没名，没利，没关系，没涉足江湖，没啥和其他屁孩儿不一样的习惯，困了睡，饿了吃，渴了喝，睡美了吃爽了喝舒服了就乐，得不到就哭，哭也得不到就忘记了，在一个无意识的层次，和佛无限接近。

现在想起来，小孩儿也可怜，虽然和佛接近，但是全无力量，任凭大人摆布。我在机场见过小孩儿死命哭，要妈妈买巧克力，妈妈终于买了巧克力，小孩儿哭得更厉害了，因为妈妈打开包装自己把巧克力当着小孩儿的面儿吃光了。我和我很小的外甥同挤一个电梯，他比我膝盖高不了多少，我忍不住放了一个缓慢的不响的臭屁，我感觉他的小手一直死命地推我屁股，但是死活推不开。

两岁之后，我开始会说话，眼睛到处乱看，耳朵随时倾听，我估计是从那时候开始，身体里的大毛怪睡醒了，开始生长，一刻不停。

美人在时花满堂 美人去后花余床

仿常玉笔意 冯唐

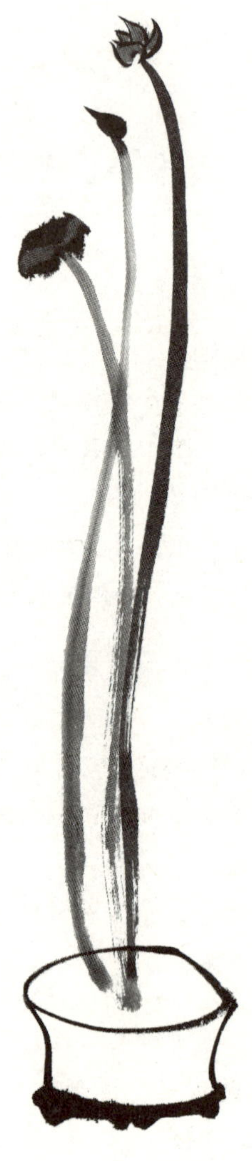

4月

剑道

4月
1

大道理不用讲太多、太细，一两句日用家常话，切实遵行，足够了。做人、做事、治军、治世，甚至审美领域都如此，甚至教化人类也如此：

第一，自己的事情自己做；

第二，不给别人添麻烦；

第三，多喝水。

贴金挂银、《四书》《五经》倒背如流的，可能是骗子。

4月
2

老妈说，实在受不了老爸了。“从七点半开始坐在沙发上，到九点半我晨练回到家，他还坐在沙发上玩电脑！我说快十点了，你把瓶子装满水浇花，活动活动！他说他活动了：拉屎了！”

老妈这两年几乎已经不会用除了惊叹号之外的其他标点符号了。看来一定要控制住她的血压，否则中风的风险很高。

4月
3

老妈说：你能把胡子剃了吗？

我问：为啥？

老妈说：因为你留胡子太像我爸爸了，非常令人悲伤。

4月
4

我非常感谢我老妈，老妈整天跟我唠叨，把我唠叨成了一个内向的人，把我唠叨成一个半拉结巴，但是我从她唠叨的那些语言中拎出了一些好东西，扔到我的文章里去，让我受益匪浅。

4月
5

我们这一代人，有一种特别的精神财富。

我们少年时，饱受贫穷但是没有感受到精神贫穷，长大之后心中没有对社会的仇恨，有对简单生活甚至简陋生活的担当。

“我们穷过，我们不怕。”

4月
6

读书如同坠入情网、穿过大街。

看一本你看了就困的书，也不一定是没有收获的：一方面，你可以有很好的睡眠；另一方面，如果它非常艰涩，比如海德格尔的《存在与时间》，哪怕你就看了四五页，可以跟别人说，我读过《存在与时间》，我甚至知道它的英文名是*Being and Time*，就显得很牛的样子。

逃脱

嗞喽一口酒，吧嗒一口酱牛肉，听老妈吹牛。“我没吹，不信你去问我那些同班同学，尽管我同班的男同学都死光了。你说为啥男的比女的活得短呢？”

4月
9

我最好的朋友百晓生读中文书最多，也最瘦。他体重五十公斤、身高一米七，BMI（身体质量指数）只有17.3。尽管他很少生病，但是我还是担心他是不是有某些胃肠道问题。我常常有送他一个高端体检的冲动，他每每拒绝。他的理由很简单："即使有问题，我也不想知道。知道了之后，又不能马上死掉，难免担心，徒增烦恼。不去体检，就意识不到问题。"

"如果有一天，肉身的问题浮出水面了呢？"我问百晓生。

"那就是秋天啦，我这片叶子也就该落了。"百晓生说。

4月
10

有次饭后，酒后，我问老妈：“您和老爸在一起五十五年了，老爸一直给您做饭而且一直不打您，您这辈子多幸福啊！”老妈跳起来，说：“他凭什么打我啊？！他也得打得过我啊！我忍过无数次想抽他，你知道吗？”

4月
11

老妈终于从欧洲旅游回来了。

一个人，六晚七天，无数国，无数包。

她回来后迫不及待地要向我显摆和吹牛，但是我的电话会排到晚上十一点。估计她明早会拿着早饭堵在门口，还会逼我拿笔记录。

4月
12

老妈不停地唠叨她对世界、人生、我奶奶、我爸、我哥、我姐等的各种意见，负面的占十之八九，正面的占十之一二。随着年龄增长，更加洞明尖刻，遣词造句更加匪夷所思。

老妈唠叨的时候，我基本是一边看书，一边听。后来我总结，比我老妈更洞明、更尖刻的书实在不多。

4月
13

读佳书睡去

梦里因果颠倒

酒醒写诗、看雨

4月
14

4月
15

趁着好春光和老妈喝了三两白酒。

老妈说："我不普度众生。没人度我，我干吗度人？"

4月
16

我问老妈，这辈子最恨谁。

老妈答："你。"

我问："为啥？"

老妈答："你酒量太差，还不听我的话。"

4月
17

我见过一些“下过金蛋”的“母鸡”。见过这些人之后，甚至有一些很让人幻灭的地方，智慧、美学、真诚度都有问题。以后我很少去见人，我不见别人，也不让别人见，我躲起来“下蛋”。

4月
18

先在书里混混是好事。

如果说在这荒芜的人世，在这油腻的世界上，想找一个相对僻静的角落，书一定是最好的选择。即使书不是最好的选择，如果你想进入这个油腻的世界，如果你想逐鹿中原，先在书里混混是好事。

4月
19

一个男生将来变成男人，可能变成人渣，变成人渣之渣，但也曾有最纯情的一面——非常纯洁地、百分之百地爱着一个女生，值得不值得，不知道。

4月
20

真正的幸福不是一定要怎么样。

当有人跟我说，我一定要怎么样，我一定要有那样的床，我一定要有那样的浴巾，我一定要有那样的水、那样的酒去喝……

当他们这么说的时候，我往往并不能欣赏他们对生活的要求和态度。我往往会觉得这些人有点作，人不是需要这些东西才能感受幸福的。

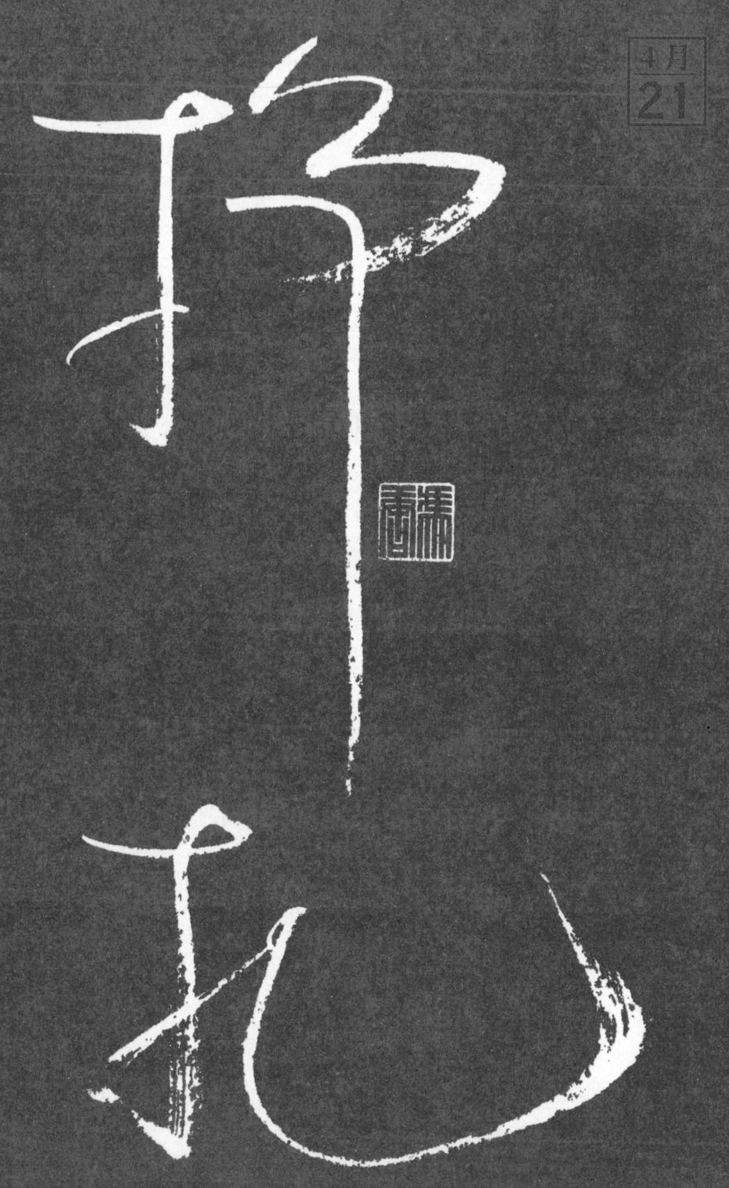
4月
21

4月

22

发了一张图给老妈。

老妈说:“狗真丑!”

我说:“那是袋鼠。”

老妈沉吟了一阵,

说:“我的心都是为你操碎的。”

4月
23

当时我决心花时间把我妈弄成网红，

这样她就没时间折腾我爸了。

4月
24

让你舒服一时的，
不能帮助你解决问题。

多数让我们不舒服的，是逆境而不是绝境。上天会留机会给人，当大家都恐慌的时候，你应该想，你能有什么样的机会。这是牛人必备的思维。

4月
25

我妈有一种神奇的能力，她自己烦了，就跟我们三个人每人说一遍，然后我们三个人都烦了，她自己就开心了。

我老姐说，老妈其实有非常独到的地方。她每次抱怨完，自己很快就开心了，烦事绝不住心，仿佛上了趟洗手间，扯脱功夫了得。

4月
26

聪明太过，

不一定是一种聪明的做法。

有聪明的底子，做个老实人，有可能走得会更远。这个世界还是相对公平的，很难一不留神就出神作。

4月
27

爱与婚姻，
都靠运气。

《傲慢与偏见》才是最早的“玛丽苏”小说，是“霸道总裁爱上灰姑娘”小说的鼻祖。最有钱的人一定能娶到最漂亮的人不再完全成立。普通的、有脑子的女孩也能有幸福。你自己有主见，你也可能有完满的一生。

4月

28

选择之后摇摆就意味着浪费。

很多时候，选择就意味着放弃，选择之后摇摆就意味着浪费。

既然见了，选了，就定了，就做了，就坚忍耐烦，劳怨不避，穿越一切苦厄，使命必达。

傻一点儿，“混”一点儿，简单乐观一点儿，是更高层面的智慧。

4月
29

世界怎么还不围着她转动呢？

老妈看什么都不顺眼，充满抱怨。总结起来，她就是想不明白，都活这么大年龄了，世界怎么还不围着她转动呢？对于周围每个人的生活状态，她都能找到不如意的关键所在，和每个人的谈话，基本都围绕着这些痛点进行。

但是，你如果问我妈，三天前她恨谁，她可能已经记不住了。

4月
30

人生无非两件事，

关你屁事；

关我屁事。

给老妈发了个表情包，说："我有个不成熟的小建议。"老妈回复："有什么小建议？不要干涉别人的生活！"

5
月

5月
1

劳动，比打工、干活儿优雅好多倍。

小时候，劳动非常光荣，跨越几十年，一直很光荣，到现在，这个词不怎么说了，一代有一代的语言表达方式，现在都说打工、干活儿。

但我还是喜欢“劳动”这个词，可能是受工业化的影响，老北京有那种粗粝、市井、统一却充满着管道错落的美感。劳动，像一块在石英表里发着电的纽扣电池。

我爱北京。广渠门外垂杨柳，存着我对故乡的记忆。那时三环内没什么高楼，胡同拐来拐去，水泥电线杆依着灰黄色的砖墙，有没有吆喝声记不得了，有些画面已经模糊。而有些画面却渐渐清晰，与现实关联。劳与动，老是动，老是停不下来。辛苦着动，劳累着动，劳心着动，比打工、干活儿优雅好多倍。

5月
2

停下来不一定是坏事。

五一赶稿，老妈在微信里一直忍不住要“劳动”。我给她发了个段子，提醒她多想想那些能活很久的动物、植物的“言行举止”。

5月
3

放空自己，能装更多。

这大俗话，没什么好解释的，说首小诗：

空手把锄头，步行骑水牛；

人在桥上过，桥流水不流。

劳作劳作，不要生病，成事路上会成瘾，但也不要怕错过什么，不着急、不害怕。

5月
4

不要为了嫁人而嫁人，也不要为了钱财、名利、所谓的安全感而嫁人。因为如果那么做，总有一天会后悔的。

身体是你最大的资产。

身体敏感，看、听、触、闻、尝、想，这些感觉身体俱有，是真真的世间第一大宝贝。我妈说欲望满身，身体还能当挂架用，上面挂着的全是你的所思所想，还有各种美好和尴尬的经历。

5月
6

经营好身体这份

长生天给你的礼物。

吃得健康，睡得好，多运动，没有比这些更简单的事儿了，却也没有比这几件更难的事儿。

5月
7

5月
8

虽然很多人觉得我油腻、自恋，
但如果你喜欢我，这也就不太重要了。

我感到自己太志得意满的时候，还会反向主动搜索最新最劲最有花式创意的“冯黑言论”，给自己泼泼冷水，让自己知道，谁也不是一百元人民币，不可能招所有人喜欢。

5月
9

老妈借口抓不到
骂我的时间，
满宇宙溜达。

三十年前老妈花了她小半个月的工资给我买了一套书，我以为我表达感恩的方式就是认真读完它。昨天她要一辆摩托车，说这几天街上空旷，去兜兜风，说也用不了我小半个月的工资。

5月

10

非常差的坏人，

只能拿鞭子去治。

古训说：“岂能尽如人意，但求无愧于心。”

我问：“但是遇上坏人真忍不住怎么办？”

老妈答：“往死里弄。”

5月
11

能有个幸福的婚姻，

纯属偶然。

两个背景、三观、身体结构、想法、生活习惯有极大不同的人，在一起那么多年，还要一块儿干那么多事儿，还能开心，这的确是一个小概率事件，我认为大家不要奢望去追求。

5月
12

老妈十年前开始吃降压药，但是服药情况和血压状况对外一直是个谜，特别是老爸走了之后，老妈的血压越来越控制不住，开始喊头晕。

但是，她在头晕的时候还心系宇宙、地球、国家、民族，特别是垂杨柳周边的福祉、家里的亲戚朋友，她在我们家的微信群里说："你们说，你们这个表妹是不是有病？"

干净的兽性，

跟人性能在多数情况下和平相处。

人作为一种生物，有一部分是跟神相近的，有道德、有神圣感，甚至愿意牺牲；有一部分是人本身，是社会的人，想当官儿，想娶个好老婆，想养一窝孩子；但还有一部分是动物性。

5月
14

婚姻是生活的日常，是安排，但爱情不是。

爱情是一种很奇怪的东西，是每个人心里都有，但大多数人拿不到的一种东西。

5月
16

说句真话你会死啊?

酒足饭饱，年轻人爱玩“真心话大冒险”，可大多数人既不敢“大冒险”，也不敢说“真心话”。对爱的人不敢说爱，对不爽的事不敢说不，不敢承认自己的处境，不敢承认失败然后从头再来。时过境迁，回过头来，要拿真心面对世界的时候，大抵已经找不到心在哪儿了。

5月
17

假佛系。

从来正确、从来有道德、从来不越雷池一步、从来不为少数派鼓掌，在哪里跌倒就在哪里躺下，想着爬起来就有可能再倒下太没面儿……

你就不厌倦自己吗？

身体、灵魂长时间躺在床上，假装自己无欲无求，其实只是懒得追求，到最后落得床都鄙视你。

5月
18

古人对于美的认知比较多元化，环肥燕瘦都是美人，现在打开那些视频直播看一看，所有女神的鼻子眼睛嘴巴都一模一样。

原来担心会跟品位不好的人撞衫，如今担心会跟审美不好的人撞了女朋友的脸。

5月
19

我逐渐意识到，规则和佛法在老妈这里都失效了，我还是把老妈当成另一个孩子对待吧。

在世间，您有您混世的魔法，我也有我处理油腻的技术。

5月
20

我问朋友："如何和老妈愉快相处？"

他的答案是："想什么呢！人类还没进化到那个程度。这是不可能的！"

5月
21

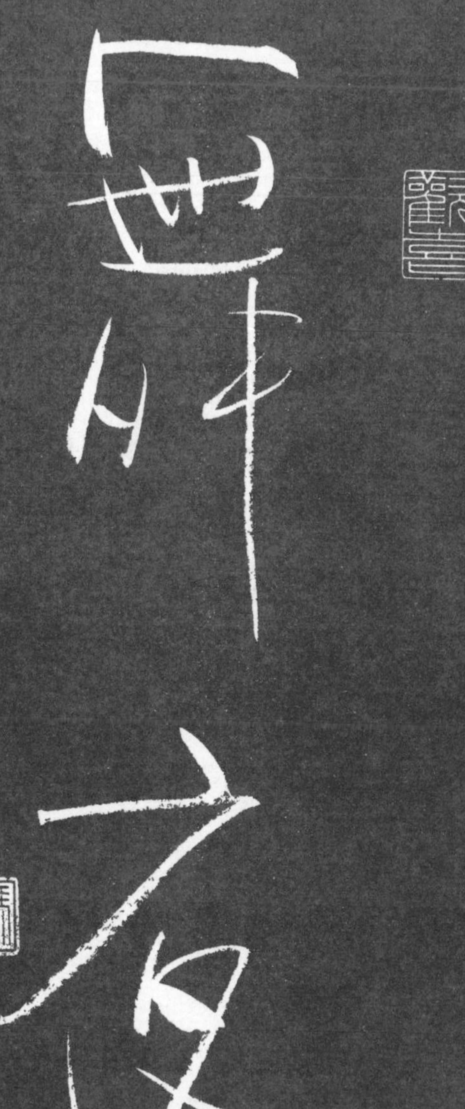

5月
22

听老妈回忆我少年时代顽劣不堪的事儿，她说，我九岁那年有次生病住院，护士长把她请去，说："你儿子组织病友在晚上分享不健康的故事，影响了大家休息。你马上把他带走吧，他的病好得差不多了，我们也提高一下病房周转率。"

5月
23

老妈发给我一张自拍，让我猜一句诗。

我一直在开会，三个小时后才看到。

老妈的留言是：整天想商业、想大事、想人类，你的脑子坏掉了，反应慢！写不出新诗了吧？原来会背的都忘了吧？这句诗是“人面不知何处去，桃花依旧笑春风”！

5月
24

困境、死境都是自己曾经立起又自己放倒的 Flag。

5月
25

世间的美德不多，
你要努力拥有。

没有知识的人和不讲理的人也都是宇宙的一部分，你能改变他们吗？不一定，你只能包容他们。

5月
26

在挣钱的路上狂奔。

在我年轻时，没有“躺平”这个词儿，只有“奋斗”这个词儿。特别是我那个争强好胜的老妈，点燃了我的好胜心。

她说：“你傻呀，千军万马你也要奔，争取能过那个独木桥。终于你有个机会可以去做事儿了，那你还等什么？拼命去做，用百分之二百的努力去换取你或许能得到的一线机会。”这是当时的教育。

5月
27

遇到有些人，
忍不住想摁。

我经常遇上那些似乎有点本事，但本事也就那么回事的人，这些人又不认为自己的本事就是那么回事，而是认为自己有大本事。

我遇上这样的人就摁不住火，我就压不住想摁他们的冲动。我觉得我的修养还是有问题，也可能是我妈给我遗传的基因，太强悍了。

5月
28

5月
29

醒来后我看到老妈的微信留言：

“被炮声惊醒！打起来了？”

洗把脸后又看到她的新留言：

“哎，二傻子结婚。”

5月
30

什么叫“阿尔法男的迷恋”？就是一个事事争先、具有极强好胜心的男性对某一个特定女性的莫名其妙的、无法自拔的、挥之不去的迷恋，是一种近乎某种变态的迷恋情结。这种情结往往有可能是对一个女生，但有时也会对一件事儿，对一个所谓的事业念念不忘，然后这辈子就会一切都围绕着这个念念不忘的心结打转。

对这类人来说，得到似乎是一种正常，但是得不到是更好的修行。

5月
31

我问老妈："您还有啥未了心愿？"

老妈说，她希望读到我写她的长篇小说。

然后她问陈晓卿："太阳还没落山，

你怎么就黑了？"

学不贯今古 识不通天人 才不近仙

心不近佛者 断不可以医以误世

6月

流水

6月
1

老妈说：“想去凉快地儿待待，但是所有凉快地儿都去过了，真无聊；想喝瓶饮料，又看到你这笔字，真无聊。”

6月
2

老妈查出心脏有毛病之后，戒了二锅头。

她开始唠叨：“红酒好啊，血脂高的人，最好喝红酒，一瓶红酒下肚，红酒进了血管，拉着血脂的手走进膀胱，然后出来。”

我说：“您说的好像和我们医学院里的病理生理学教授说的不一样啊。”

老妈问：“你们教授是怎么说的？”

我说：“从前有个叫赵之谦的文人，一个月内妻女双亡，他刻了个闲章‘如今是云散雪消花残月缺’。我身体里有个半兽半仙的东西，只要云散雪消花残月缺的时候，它就醒过来，脑袋从身体里面顶我，让我打开一瓶红酒。一瓶红酒下肚，这个半兽半仙渐渐柔软，沿着红酒的溪水，漂流出来。”

老妈问：“你们医学院里的病理生理学教授就是这么教你的？”

六十岁之后，老妈发泄的方式是骂街，然后唱歌。她现在气血比我们这几个孩子都旺很多。老妈肉身的衰老明显甚于灵魂的衰老。她还是蒸腾着热气，但是热气似乎不再四散，似乎都在头顶飘扬。

6月
4

没有钱不行，
但有钱也不能让一切都行。

老妈一直说“什么爱情，什么理想，什么信念，都是瞎扯，只有钱、学业、前途才是真的。学业、前途实际上也是为了钱。只有钱才是最重要的，是唯一压倒一切的‘金标准’”，而且她说得理直气壮。

但是万事有个度，钱也一样。

没有钱不行，但有钱也不能让一切都行，你自己慢慢体会。

稳定自己，
不要停止努力。

普通人的幸福感来自一种确定感和稳定感，就是今天享受的生活，我明天还能享受到。

你如果因为各种机缘巧合，挣了一笔钱，这笔钱你花掉了，买了两辆跑车，但是明天这笔钱你没有了，甚至有可能你连维护这些跑车的钱都没了，你就面临着要过降低好几个档次的日子，你还能心平气和地说“今朝有酒今朝醉，明日愁来明日愁”吗？我很怀疑。

6月
6

如果不做事，你会发现，最烦你的是你妈，她会说：“你干吗不干事儿呢？”“你整天躺在床上！”

但是如果你干事儿了，你会发现，如果你没干好，有人会嘲笑你；如果你干好了，有人会妒忌你。

6月

7

残缺

6月
8

老妈教会我最重要的三个技能是：常识、无畏、扯脱。老妈从来不指导我的人生，她那方面的力气都花在我哥身上了。

6月
9

一个屋顶下，
最好只有一个最后决策者。

如果因为生活琐事产生矛盾，协调不了，那就都归她（他）定。如果无法在一个屋顶下生活，最好分开，各自过各自的。因为生活细节不合但是非要一起过而造成的人间惨剧远远多于因为三观不合但是非要一起过而造成的惨剧。如果不得不在一个屋顶下生活，那就把相处的规则谈谈清楚，写下来，贴在墙上，一旦产生矛盾，随时参考。

6月
10

你疯狂立言疯狂立行，还整天想着立德，哓哓哓去干活儿，还有什么时间去生活？还有什么时间给衣、食、住、行简单的美好？还有什么时间给你妈、给你爸、给你周围你特别想给时间、花时间的人？

我问老妈，八十年岁月教会您最重要的一点是什么？

老妈说，不要把钱存在银行。

6月
12

冬天的第一场雪、春天的第一朵花、夏天的第一阵凉风、秋天的第一片落叶，都是不用钱买的。

你都可以去体会、去看、去发呆，找一个湖边儿一屁股坐下，品一杯酒、抽一根烟，就是很好的半小时；找本书，找个路边儿，带瓶啤酒，念十页书，又是很好的半小时。

精神科医生总结：

男病人都想干大事，

女病人都想有人爱。

6月
14

裂缝

6月
15

人来世上一遭，你可以看到各种各样的东西，也能够感受到各种各样的感情，别怕，将自己情感的闸门打开。

自己不想怎么做的时候，争取不要那么做；自己想怎么做的时候，偶尔让自己做一回。

6月
16

我和老妈说："七十不留宿，八十不留饭。我放任您喝酒，已经是离经叛道了。"

老妈说："别扯了，那是万恶的旧社会的说法！"

6月
17

我说："希望老妈断舍离。"

老妈回复："你扔，我就捡！开博物馆！"

妄图改变人性是徒劳的。

6月
18

没钱能不能学艺术？

可以的。有没有钱是一回事儿，能不能当个好艺术家又是另外一回事儿，两者都不可控。

6月
19

我小时候喜欢绘画，当时什么教材也没有，我就照着连环画《三国演义》，人家怎么画，我就怎么画，争取能画得像一点，仅此而已。还有一个办法是写生，等我妈养的花开了，我就对着花，拿张纸，画得非常入迷。

我哥带着一副很深沉的样子找我谈话：“你知道北京城有多少人在画画吗？你知道有多少画画的人吃不上饭吗？我看你没这个才气，别画了。让花好好开吧。”

我哥大我十岁，我还没发育的时候，他就带着漂亮姑娘在楼下的杨树和柳树之间溜达了。当时高仓健演的杜丘很受欢迎，我哥也有鬓角，也有件黑风衣，话也不多。所以，他说的话，我基本都听。

6月

20

我邻居家的小孩儿有两箱子武侠小说，其中有全套古龙、金庸、梁羽生、陈青云、诸葛青云、卧龙生的小说。他基本不借给我。后来，他把家里的菜刀磨快了当成断魂玉钩，模拟邪仙陆飘飘，行走大北窑一带的江湖，被四个警察抓了。他妈死活说我长得像他，让我常去他家，他的两箱武侠书随便我看。足足三个月，我读了一百多本长篇武侠小说。

我自己开始写武侠小说，一天一夜，写了三十页稿纸：天地玄黄，宇宙洪荒……

我哥又一次带着一副很深沉的样子找我谈话："你知道全中国有多少人在写作吗？你知道有多少写作的人吃不上饭吗？你即使有这个才气，也不见得有这个运势，别写了。"

后来，我还是偷偷写了一本叫《欢喜》的长篇小说。

6月
21

落魄處

6月
22

钱和艺术是可以分开的。

你可以在追求艺术的时候不用考虑钱。在追求艺术这条路上没走通，理想破灭了，没关系，可以再做事。该怎么欣赏艺术还是怎么欣赏，你不会变得一无所有。

6月
23

不着急，不害怕，
不亦君子乎？

“人不知而不愠，不亦君子乎？”孔子想跟你说的是：一、别人不知道，是很正常的；二、别人不知道，你也不要生气；三、别人不知道，他早晚有一天会知道，不着急，不害怕，不亦君子乎？

6月
24

像个人样儿地活着
真不用太多钱。

我问过一个富二代这样的问题："你父亲为什么那么有钱了还是那么贪婪？以他的智商，那么多钱已经足够让他惹祸上身了。"

富二代打了一个比方回答我："如果一个从小饿大的人，一直吃不饱饭，一生中终于有了一个机会吃自助餐，钱已经交了，人已经在餐厅里了，您觉得他还能忍住不往死里吃吗？这其实已经和饥饿本身无关了。"

6月

25

我问老妈：为什么不能乐见别人幸福？

老妈说：不行，见别人幸福，自己就痛苦了。

6月
26

你试图挣扎，结果常常是被绳索勒得更紧。这是中年人的无奈。你改变不了什么，脱离不了轮回。

痛读《离骚》，痛饮酒，就可以做个名士，就可以做个好诗人。如果你说酒精过敏怎么办？有点难办。我几乎没有看到过不能喝酒的诗人。

6月
28

大学毕业之后，自己开始管自己，和社会产生的关联越来越多，人也越活越麻烦。

尝试过各种办法减少麻烦，碰得一头大包之后，发现最省事儿的方法是耐烦：整理好这些麻烦，心里放下，世界安稳。

6月
29

我问老妈："您能在九十岁前变得更善良、更勇敢吗？"老妈说："我会更恶毒、更疯狂。"我让老妈举例子。她沉吟了一下，说："不告诉你，不让你有所准备。"

6月
30

老妈说："横人都是让人惯出来的。我就是让你爸惯出来的。如果两个人都是横人，就过不到一起去了。"老爸没搭理她。

7月

“从前的日色变得慢 / 车，马，邮件都慢 / 一生只够爱一个人。”

如今慢，如今心乱。

7月
2

财务自由在极大程度上其实和财务无关，而是和一个人的心智是否洞明不可避免地纠缠在一起。

某项社会科学研究表明，直接给穷人一笔钱，不能从根本上改变其穷困的状态。某天晚上打麻将赢了把巨资的人，之后最常见的结局是又输回去了。

给一个心智不明的人钱，就相当于给一个拎不起剑或者不知道如何控制自己力气的人一把锋利的宝剑。他会干出很多莫名其妙的事，最后有可能把自己害了。

7月
3

我劝解老妈："您要做尘世的盐。"

老妈想了想，说："你要做尘世的傻子，这样，对所有人都好。"

7月
4

陪老妈喝酒。几杯下肚，她继续发挥非常能尬聊的特点：“你和你哥挺惨的哈，你摧残自己，狂练毛笔字，右肘子得了网球肘；你哥偶尔脑残。你们俩像‘残疾人’，可是没人给你们发残疾人证。”

7月
5

不能只有工作，
人也是需要滋养的。

7月
6

老式的生活有好的一面。

中国人为什么爱玉石？为什么爱不发光的、柔和的、内敛的、暗淡的、可以收起来的东西？其实看普通的人、周围的事物、一天天的日子，如果过得像玉石一般，那也是很好的日子。

你不用整天唱着《满江红》去街上逛荡，不用每天都像打了鸡血一样去做事。

这就是“阴翳之美”。

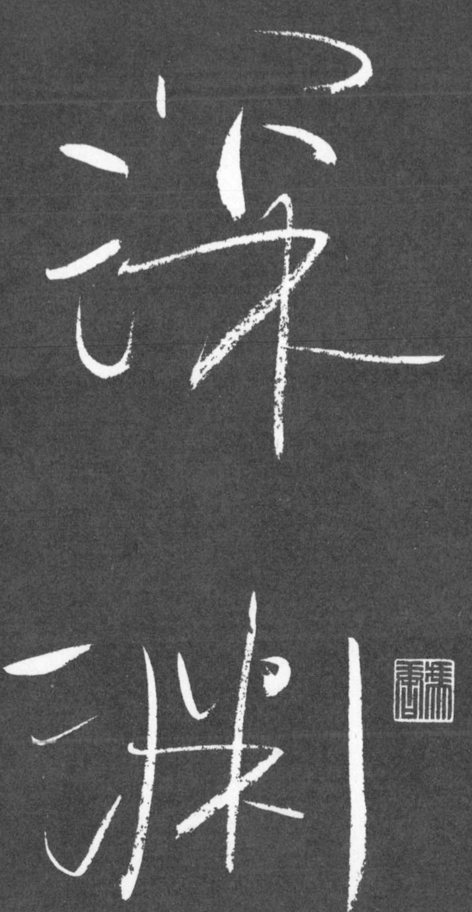

7月
8

我在，事在。

真正的英雄，对于他特别想要干的事，只有一条法则，就是“我在，事在”。我在，这事就没完；只有我死了，才能停止不做。

老爸走了一年半，老妈说："我晚上一个人害怕。"我说："您真得考虑雇个人长期陪您了。"老妈说："不，我嫌烦，关键是还得花钱。"我说："不想花钱，您就自己扛吧。"过了几天，老妈说："我心生一计，我招个房客，我让她免费和我一起住，我不收她房钱。"

老妈说："我又心生一计，我找个男朋友和我一起住，他还能负担一些水电费和宽带费。"我说："这么着吧，我帮您开个网上直播，直播您睡觉，您睡着觉就把钱挣了。等有了人气之后，还可以卖现场票，这样您晚上不仅能赚钱，还能有人陪。"

7月
10

这个时代欲望满身，难以避免，
需要正视、管理、理解欲望，
从欲望中获得力量。

7月
11

如果你总觉得人间不值得，那你来人间干什么？你来地球一次，是来当卧底的吗？

人间很值得，地球是个好星球。人一辈子，无论酸甜苦辣，都是挺有意思的。

7月
12

与众不同的生活到底可以不可以?

《瓦尔登湖》讲的是与众不同的生活。与众不同的生活到底可以不可以?你会发现把你推向生活主流的力量,还会像水流一样,在推着你往回走。

梭罗说他觉得一个人如果活得诚实,他一定是生活在一个遥远的地方。经过一百七十年之后,如果我们还能生活得诚实,一定是生活在更遥远的地方了。

老妈八十多岁时做手术，醒来第一句话是“我儿子呢？”看见我，第二句是“你个小兔崽子！”第三句是“Go，你工作去吧！”……手术第二天她又能吃肉和吹牛了，谢长生天，赞战斗民族的生命力……

7月
14

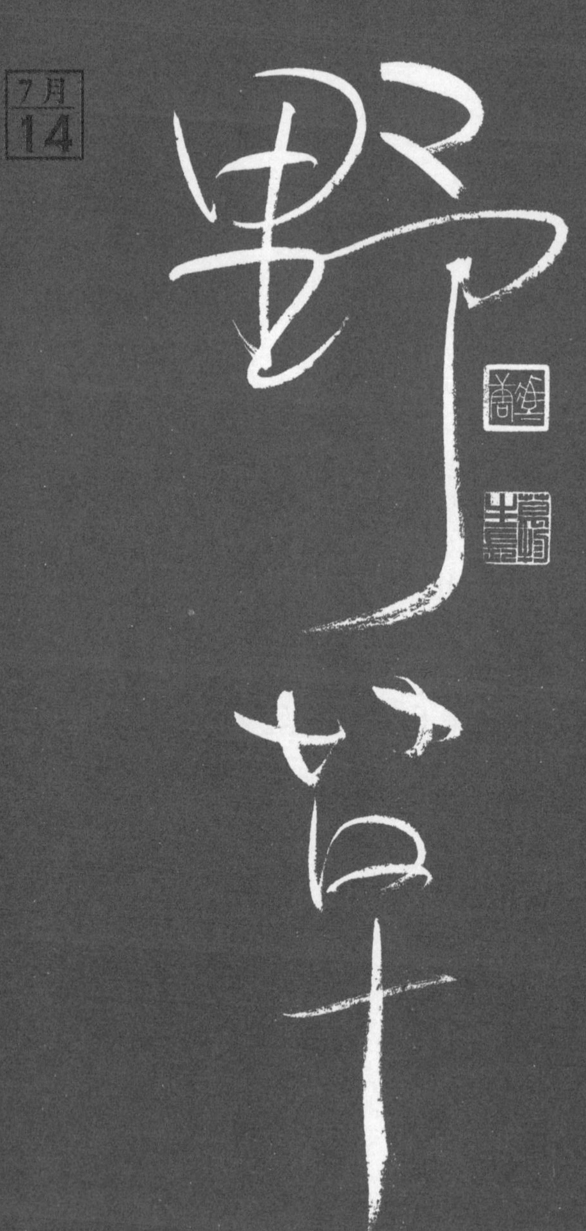

我让老妈自省一下为啥很多人没法儿和她和平共处。她想了想，说：“那是因为他们能力不够。”

7月
16

喝酒是很有意思的事。一杯酒摆在你面前，你要喝时，最重要的是什么？两个字，专心。

专心，你才对得起这口酒。

7月
17

如果审时度势，知道没办法，
硬干是死路一条，
那就三个字——不作怪。

7月
18

我问老妈："您相信爱情吗？

您相信过爱情吗？"

老妈说："爱情都是瞎编的，傻子才相信爱情。"

7月
19

石川啄木写过如下一首短歌：“把只不过得到一个人的事，作为大愿，这是年少时的错误。”

如今看，年少时把得到一个人作为大愿似乎是件傻事，也似乎是件很美好的事啊。

7月
20

苦不苦？想想杜甫……

杜甫太惨了，一辈子想当官，连“处长”都没当上，后来他的幼子饿死，他自己也曾连续五天没吃的，被救助后差点儿撑死。之后不久，他死在湘江自己栖居的破船上……命运是影响诗人成就的一个非常重要的因素，天赋再好，后天努力再多，改变不了多少大事。最多能做到如苏轼一般，“小舟从此逝，江海寄余生。”

7月
21

7月
22

如果码字的人装傻，这一代人拿到的经验就会被扭曲了；如果你用太简单的方法看待这个世界，是不合适的。

老妈说，她买了很多古董，让我鉴定一下。

我问：“您从哪儿买的？”

老妈说：“多数在高速公路服务区。”

7月
24

我哥和我问老妈，留那么多无用之物做什么？

老妈说：“我一路走来，除了你们俩货之外，没见过其他无用之物。”

7月
25

读诗再睡觉，
深度修复上半生
的情伤脑残。

7月
26

不朽的诗人死后，

要留下诗歌、酒肉和地方，

比如屈原和粽子、汨罗江，苏轼和东坡肉、苏堤。

我和多数人一样，吃东坡肉的时候会背“明月几时有”；我也和多数人一样，吃粽子的时候很少会背“路漫漫其修远兮，吾将上下而求索”。尽管粽子和东坡肉一样简单好吃，但屈原的诗歌比唐诗宋词艰涩很多。

7月
27

如果人交的朋友不如他们，好处只是爽。

“无友不如己者”，多花时间和比自己强的人在一起。听上去很势利，但是你爱智慧，这是一件好事。

7月
28

7月
29

老妈总说："我要治治他们。"

我问："为啥？"

老妈说："如果不治治这些人，他们怎么能进步呢？"

我接着问："那我怎么就进步了呢？您也没治我啊。"

老妈悠悠地说："我治你的时候，故意没让你知道。"

7月
30

好久没和老妈一起分一瓶酒喝了。周末午后起大风，晚上，静静地听她吹牛。

老妈看到我的玉器，问：“这是猪吗？给我吧？”

我说：“是猪，给您一个橘子吧。认真吃橘子，也是修行。”

我妈说：“滚！”

凉些就更美
好些的是
啤酒、香槟
淋雨后没擦干
的你

冯唐

8月

8月
1

起居有常，饮食有度，远离妄念，

不是躺平，而是放下。

只有能放下，才能负重。

8月

2

曾国藩说："惟当奉方寸如严师。"遵从内心，守住方寸，让天理、道德来约束自己。

康德说："有两件事物，我越是思考就越觉得神奇，心中也越充满了敬畏，那就是头顶上的星空与内心的道德准则。"

按老妈世俗、街面儿的话来翻译，这句话是这样的："你就没点儿数吗？你就不知道自己到底在干什么吗？"

8月
3

翻旧书看到以前的批注
三十年了
我和人类似乎毫无长进
我看点儿阴暗的书睡了
困惑等过一阵就没了
和所有的爱一样

8月

4

老妈问我：“你觉得人有灵魂吗？”

我反问：“您觉得呢？”

老妈说：“人没有灵魂。”

我接着问：“您的证据呢？”

老妈说：“如果人真有灵魂，早就把在世的时候和自己不对付的人都弄死了，然后在阎王那里再快乐地在一起。”

8月
5

约了曹操饮酒
读诗，唱歌
相坐无语

8月
6

我问我妈："您说人为什么这么不爱说实话呢，包括您？"

老妈说："胡说！我有多少钱都告诉你了，我怎么不说实话了？"

8月
7

8月
8

一雨成秋。

狂吃一顿，狂睡一觉儿。

秋膘啊，秋膘。

学医，见了不少生生死死；看书，觉得好些书里的垃圾成分很多，与其看这些书，不如琢磨世界里各种鲜活的男男女女、飞禽走兽。

8月
10

你妈也一看见花就会过去拍合影吗？

我妈名字里有个兰，所以她总觉得玉兰跟她关系特别大。我妈一见玉兰，就“啊！玉兰！兰花”地叫着，一定要照相，一定要抱着树照相。

因为这个，我老觉得玉兰长得“一声叹息”。

我哥和我说："你妈现在抱着一根电线杆子就能聊半天。"

老妈和我说："子不教，父之过。他嘴碎和我没关系。"

8月
12

老妈说：“正经人吹牛之前要戴上墨镜、喝点儿酒。”

我问老妈：“吹牛有啥快感？”

我老妈喝了口酒，叹了一口气，说：“有些快感，你一定还没经历过。”

我问老妈最近吃啥，她说有人帮她点了外卖。我问她："您给人家转钱了吗？"她说："为啥要转钱？"

我请她喝了香槟，她说："你们这些所谓的栋梁就是太想有所成就，所以难免被利用。"

8月

14

彩虹

智慧比长相重要，比身体健美重要。智慧这件事儿，急不得。独立思考，时常忘记标准答案，读读历史，多走些地方，多听老人骂街，天、地、人、兽对增长智慧都有帮助。

8月
16

很多时候人比拼的不是强，而是弱，是真，是弱弱的真，是短暂的真，是嚣张的真。

8月
17

我问老妈为什么她八十多岁了，还能持续地、成功地把自己的快乐建立在其他人的痛苦之上。老妈想了想，总结道：“倚老卖老，倚傻卖傻，剩啥卖啥。”

8月
18

我问老妈："您最快乐的时候是什么时候？"老妈反问："你不是号称洞察人性吗？你觉得我什么时候最开心？"我试着回答："是您指出所谓牛人的愚蠢的时候。"老妈停了停，说："你答对了。"

8月
19

我问老妈："您为啥能长寿？"

老妈说："因为二皮脸。"

我说："我没学会您的二皮脸怎么办？"

老妈说："你还不够老，慢慢就学会了。"

8月
20

《心经》里有句话："心无挂碍，无挂碍故，无有恐怖，远离颠倒梦想。"我没读《心经》之前，自己送给自己一句混江湖的九字真言，和这句话的吻合度有百分之八十：

"不着急、不害怕、不要脸。"

沉潜

8月
22

老妈说：“信不信我有‘上天言好事、下界保平安’的能力，祖传的？”

我说：“我信您有去银行网点取几百块钱或是下楼倒个垃圾都要化个浓妆的嘚瑟之心。”

8月
23

我问老妈:“如果觉得什么都没意义,怎么办?”

老妈说:“怎么可能啊?你自己找乐啊。比如养花,花竟然活了;比如收拾屋子,出一身汗;比如深夜饮酒,晕晕地睡了;比如做事,竟然成了。”

8月
24

老妈问我为啥疫情时回北京。我说，那歌咋唱的来着？“如果这辈子还能遇见你，死也要在一起。”

8月
25

老妈说：“我从来不送别人吃的。”

我配合地问：“为什么呢？”

老妈说：“因为如果他们吃完了生大病，不知道是不是因为吃了我的东西。”

我接着问：“那您为什么让我吃您做熟了好几个月的肉？”

老妈想了想，说：“因为你是亲人。”

8月
26

“我觉得您不该随便接受礼物。”我说。

“只要不要钱，我就接受！你管不着！”老妈说。

老妈抱怨："你哥回来了！"

我说："您一定很开心。"

老妈说："开始是。但很快就厌倦了。他在屋里抽烟，还非常懒。"

我说："那也是您惯出来的孩子啊。赞美您给予某些人无原则的爱。"

老妈说："我培养的儿子里也有你这样更像人的。你哥在我之后也遇上了很多其他坏女人。"

8月
28

危险

我问老爸如何和老妈待了六十年，老爸喝了一口茶，从后槽牙处发出一句话：“一耳入，一耳出，方证菩提。”

8月
30

我的“垂杨柳三部曲”第一部先写老爸——《我爸认识所有的鱼》，老妈表示她已经生气了。我和她说：“您如果先死，肯定就先写您啦……”我全力争取 2022 年底前写完以老妈为主角的第二部，暂定名：《我妈骂过所有的街》。

8月
31

“您总是充满愤怒，您的化解方式有两种：一种是直接骂我爸；另一种是招几个人听您骂我爸，我爸在旁边听着。

“我爸现在不在了。您的化解方式还可以有两种：一种是直接骂我；一种是招几个人听您骂我，我在另一个时区听着。

“科技进步了，妈，我们要充分利用。”我对老妈说。

9月

寻常

9月
1

老妈这阵子忽然安静了很多。我正感奇怪时，她和我坦白："最近有人给我介绍了一个男朋友。"

"人咋样啊？"

老妈说："挺好的，像你爸，话少，爱做饭，似乎比你爸有钱。"

我说："那是大好事儿啊。"

老妈说："他太像你爸了，我担心他罩不住我。"

9月
2

上台须做下台想，看戏不如听戏乐。

一千多年前，李煜说："林花谢了春红。"

一千多年间，多少帝王将相生了死，多少大贾 CEO 富了穷。

9月
3

无用之用

我说："您还有几年活头儿啊，这么多东西，用得着吗？"

老妈正义凛然地回答："无用之用是什么用？我看这些东西，心里就舒服、就踏实。我活多久这件事儿，不归你定，也不归我定，归天定，没准儿我还死在你后头呢。"

9月

4

老妈最佩服的人是秦始皇和成吉思汗。秦始皇成就统一大业，成吉思汗打仗战无不胜，我妈喜欢这种强势人物，跟平安喜乐没半毛钱关系。她还说："我就爱打仗，只要你不服，就揍你一顿。"

妈妈们是一群不服就干的最高等级的生物，远远高于男性。

9月
5

妈妈们事情很多。
让她们省心省力最重要。

作为妇科博士，对于孕育生命这件人类大事，我有充分的敬意。

十月怀胎，肚子沉甸甸，之后经历二次重生，这不是个省心省力的过程，而是完全相反的劳心劳力的过程。在医学不发达的时代，这既关乎生死，又需要妈妈们长期投入精力养育幼儿。

让妈妈们在其他事儿上省心省力，是男人们不可推卸的责任。我妈属于先知先觉型，老早就确立了某些心中原则：不管什么花里胡哨的，不看丑美贫富，不看爱来爱去，省心最重要。

9月
6

勇敢、恣意，
不被时光的癌症吞噬。

9月
7

9月
8

妈妈揍你一顿，你得受着，你得记着。妈妈也会老，也有揍不了你的时候，但嘴上一定不会认输，因为妈妈见过你只是一团肉的样子，最温柔的时候你不记得，你欠着她的。

当然，你的出生没经过你的同意。缘起性空，一场生命大旅行，谁也不欠谁，平安喜乐最好。

对抗着她的游牧基因，老妈天生爱敛东西。想不到的是，倒腾来倒腾去，她眼光如神，过程中她细致入微，看人看事有根有据，哪家吃得好不好，有没有鱼肉，是不是乘了东风，是不是困难了些，她门儿清。

9月
10

人似乎从很小的时候就开始遥想人生中一些大事：比如，长大后做什么工作养活自己。比如，会娶一个什么样的老婆，父母用什么方式离开地球，自己用什么方式离开地球；比如，如何退休，如何适应退休生活。

如果拿之后出现的现实对比当初的遥想，现实往往比最疯狂的遥想还疯狂，现实才是真正的超现实。

9月
11

对于我，最好的退休方式
或许就是不退、不休，
在下半生过下一生。

9月
12

我买了个录音笔，能录八小时的那种，放在老妈面前。我和老妈分喝两瓶红酒，我问她：“什么是幸福啊？您相信来生吗？这辈子活着是为了什么啊？”我怂恿她开口：“我姐又换相好了，她是不是脑子短路了？我哥每天都睡到中午，一天一顿饭，这是不是都是您从小培养的啊？我爸最近常去街道组织的‘棋牌乐’，总说赢钱，总说马上就被誉为‘垂杨柳西区赌神’了，您信吗？”

老妈眼中会放出淡红色的光芒，嘴角泛起细碎的泡沫，一定能骂满一支录音笔，骂满两个红酒橡木桶。

我最爱的老流氓们，有的已经离开了地球，有的已经中风或者心梗、不能自己在地球上自由行走了，有的已经对酒色毫无兴趣了，“一个人一生的酒色是个定数，年轻时消耗得多，年纪大了，就成为一个纯粹的对社会无害的人了”。

9月
14

9月
15

我对老妈往死里夸被识破了。

我换了话术:“不得不说，您是坏人变老了。”

老妈回怼:“我要是坏人，这世界上就没好人了。”

我开始写关于这个最好的坏人的长篇了。

9月
16

“老妈，会的，会的，我会注意安全。是的，是的，疫情还在，但是平稳了很多，这里已经解除封城了。手头好几个事儿，我处理完了就回，回去就是新年了，我陪您涮羊肉喝酒哈。”

“儿子啊，要涮的羊肉在冰箱里了，你的香槟冰好了，最近冰箱太满了，你再不回来，电费你付啊！”

9月
17

老妈有一个特别了不起的能力，就是知道谁家过得如何。她会说这家乘了改革开放的东风，过得不错；那家没有响应号召，过得一般；那家在市场经济的浪潮里遇上了一些困难；那家就是整天不干活，老想吃东西。她总会说这些有的没的。

老妈指出她的这些八卦信息的来源和途径："我经常去看他们的垃圾桶，看垃圾桶里有没有鸡毛，有没有肉骨头、鱼骨头，有没有可乐瓶子、啤酒瓶子，我就靠这些来得出谁家过得如何。"

我非常佩服。

9月
18

直面自己的内心和肉身，

客观坦然。

阮籍邻家酒馆的老板娘很美丽，阮籍常常去她那里喝酒，喝多了就在她身旁睡倒，始终什么也没干。

不惮于承认技不如人，

也不惮于自认天下第一。

王尔德过海关的时候说，我只带了我的天才，我只有我的天才需要报关。苏轼借着李白说被流放的自己，“李白当年流夜郎，中原无复汉文章”。

如果实事求是，真正做到顶尖，人凭什么不能自恋？

9月
20

我哥质问老妈："月饼怎么能留到今天才吃？"老妈说："我放冷冻室里了。你吃吧，死了算我的。"

老妈说："在法律法规允许的情况下，去他的温良恭俭让，觉得憋得慌，就骂吧。"

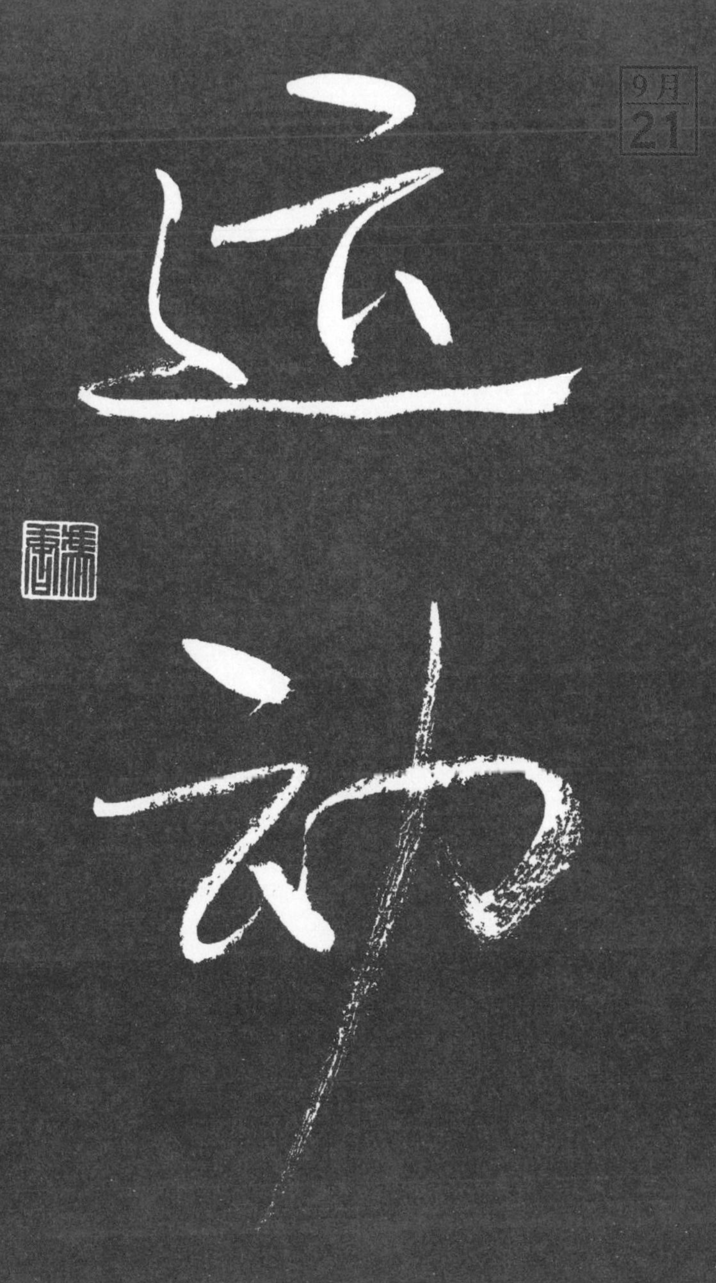
9月
21
运动

9月

22

知止。

鲁迅在遗嘱里说："孩子长大，倘无才能，可寻点小事情过活，万不可去做空头文学家或美术家。"刘文典讲庄子，开宗明义："《庄子》嘛，我是不懂的喽，也没有人懂。"

读到各家票选小说一百强，我感到振奋，好像项羽看见嬴政坐着大奔逛街，“彼可取而代之”。跟老妈讲了我的感受，老妈说：“你改不了的瞎起劲儿。”

9月
24

“罗袂兮无声，玉墀兮尘生。”刘彻的情诗写得比仓央嘉措的要好很多，很好地表达了亘古以来男人对于某类女人的思念，尽管我不知道这首诗里被思念的女人长什么样，但是我知道她一定美得迷死人不偿命。

9月
25

商代巫师们在龟甲兽骨上刻字之前，并没练过王羲之的《兰亭序》。《诗经》的诗人们在写诗之前，也没读过《唐诗三百首》。当你已经是顶尖专家，也埋头学习了核心知识和技能，这个时候只需要——胆！

9月
26

我老妈的教育方式就是“放羊”的方式。放养，贴近社会和自然，想吃什么吃什么，想看什么看什么，该长成什么样子就长成什么样子。

9月
27

您总能变出食物和酒。

您总能让黑夜和大雨过去。

您总可以不和我哥生活在一个小区里。

您总要化好浓妆下楼倒个垃圾。

9月

28

北京秋天大风雨之后，天蓝得吓人，白天狗狂叫，晚上星星贼亮，逼人思考人生的终极意义。想来想去，人都有初生，都难逃一死，中间轨迹，浮云过眼，飞鸿留爪痕。

鸡蛋里挑骨头，无意义中挑有意义，这让我想起了文学。关于文学，有个非常好的定义：“它试图通过一个人的故事，令古往今来所有人的故事浮现纸面。”

写这一个人的故事，是我生命中最有意义的事儿，所以不想了，做就是了。

9月
29

最好有朋友可以一起

大块吃肉、大碗喝酒。

高渐离是酒保，樊哙是屠夫，刘邦是小官吏，刘备是小业主，朱元璋是野庙里的和尚，努尔哈赤是林子里的残匪头目。杯中无日月，壶中有乾坤，可以煮酒论英雄。

9月
30

老妈最擅长的事是独立思考、自由表达。我不记得她对我提出过任何期望，不记得她批评过我，也不知道她最为我骄傲什么。

10 月

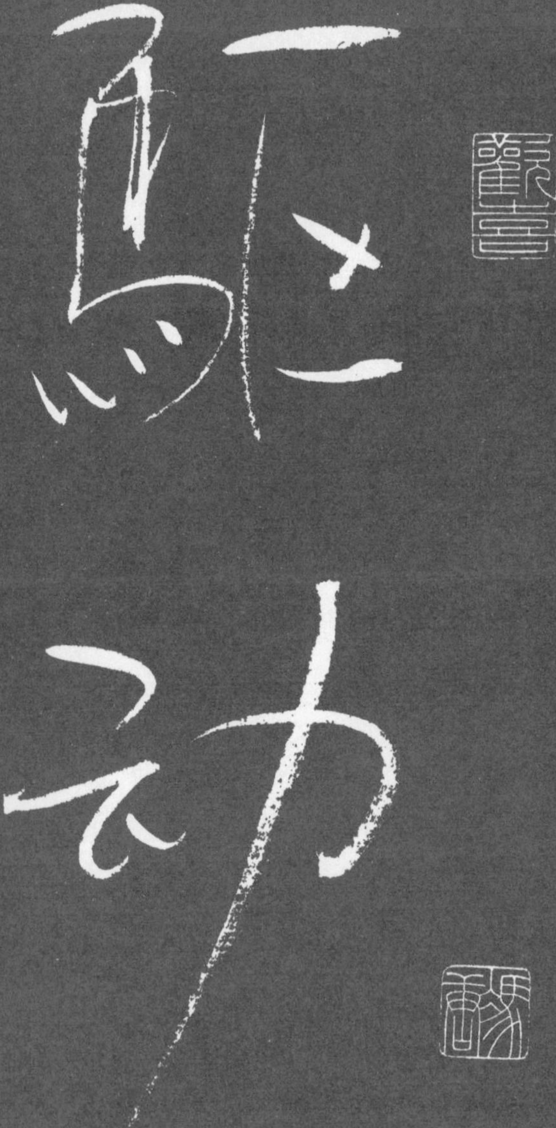

驱动

10月
1

规矩到底是什么？数千年来，人们没有直接总结过一二，只是明确了做事的态度：敬；只是明确了做事需要达到的效果：和；只是明确了做事过程中的两个原则：恕、仁。这虽不清晰，但是实用。

理论太清楚了，不能套用，不实用。数千年过去，选人用的不是KPI（关键绩效指标），而是大拇指规则：

这个人可不可以六尺之孤，寄百里之命。

10月
2

老妈有快乐的时候，
特别是在风雨中独自厉害的时候，
特别是在被需要的时候。
我有一半像老妈。

10月
3

生在乱世，努力的方向就是“穷则独善其身，达则兼济天下”，照顾好自己，有机会就让自己闪烁一下，没机会就管理好自己，不要让自己的欲望控制了自己，带着自己做很多傻事儿。

10月
4

我问老妈："您看这几个女生里，谁是我女朋友呢？"老妈连磕巴儿都没打："就是那个，头发黑长直那个。"我问："你怎么知道的？"老妈说："我瞧她最不顺眼，一定是她！"

10月
5

有史以来最文艺的一本书是《世说新语》。刘义庆分类总结了一批类似竹林七贤的“异类”的千奇百怪的行为，满山杂树，满树杂花，天地间弥漫着迷人的气质。

如果周一到周五遇到太多油腻猥琐的人和事儿，周六和周日我就翻翻《世说新语》，非常治愈。

10月

6

最文艺的事儿要数“雪夜访戴”。

王子猷雪夜醒来，想起好友戴安道，随即乘小船去看他，一晚才到，到门口没进去就回去了。

人说：你有病啊。

他说：我乘兴而去，兴尽而返，不一定要见到小戴。

10月
7

10月
8

我早早悟了“不如十年读书”，面盆洗手，了却俗务。我还来得及把我老妈的汉语、司马迁的汉语、赵州花和尚的汉语、毛姆的英文、亨利·米勒的英文炖在一起，十年之后，或许是一锅从来没有过的浓汤。

10月
9

在自然规律面前，
孔丘自己也无可奈何，
说：『吾未见好德如好色者也。』

10月
10

人生不过诗酒茶，

能放松，有诗书，

有酒喝，有茶喝，

这样的日子就是好日子。

一男一女，

两个正常人，

能心平气和地长久相守，

是人世间最大的奇迹。

两个性别不同、成长背景不同、教育背景不同的男女个体，“三观”接近的概率很低，以反自然、反禽兽的婚姻形式长期愉快相处的概率几乎为零。

人性太复杂了，懒是人性，怕孤单也是人性，顺应规则维护社会也是人性，这些人性创造银婚、金婚、钻石婚。

10月
12

任何激情，

都不可能持续很久，

如果能持续很久，

就不是真正的激情了。

爱情和婚姻基本上是两件不相干的事儿，尽管非常容易搞混。不过，二者之间有个重要关联，如果你和那个人最初有爱情，哪怕之后爱情消失得一干二净，留下的痕迹也是婚姻稳固的最好基石。

10月
13

找另一半，最好找和你的小宇宙以及生活习惯类似的。

在最初的爱情过后，为了让爱情对抗时间，需要调整调整心态，不求时时“停车坐爱枫林晚”，但求岁岁“相看两不厌”。一些非自然、非生理的因素似乎开始起越来越重要的作用，比如“三观”，比如美感，比如生活习惯。

否则，你看个电影、玩个网游、去阿姆斯特丹逛个咖啡馆，Ta就认为你是怪胎。否则，你嗜辣、Ta怕辣，你怕冷、Ta怕热，你喜宅、Ta喜逛，日子会不好过。

10月
14

抄詩處

10月
15

每个姑娘都渴望爱情，
尽管每个姑娘都不知道
爱情是什么。

每个姑娘都觉得自己独一无二。

更可怕的是，每个姑娘都希望爱情能永恒，像草席和被面一样大面积降临，星星变成银河，银河走到眼前，变得像阳光一样普照。

姑娘们以爱情的名义残害的生灵（包括她们自己），比她们以爱情的名义拯救的生灵多得多。

10月
16

你对这个世界的
理解有偏差。

人性难易，人生无常。这些，悟性再好的女生，不结个不愉快的婚、不精神崩溃一两次，是不会想明白的。

所谓的“不二”，就是先别把自己当女性，先不要太考虑自己的性别；先不要自己可怜自己，不要在过分强调男女平等的同时，过分强调女性应该受到额外的照顾和保护。

10月
18

兄弟姐妹能帮助自己分担父母释放出的负能量，两具肉身和四只眼睛不会探照灯似的把自己的所有期望集中在一个孩子身上。

我对我老姐说：“你天天在老妈周围，辛苦你了！”我老姐的境界比我高，她说：“不辛苦！老妈对于我是个天赐的锻炼机会，帮助我增强处理人际关系的能力。”

10月
19

酒是火做的水，茶是土做的水。

茶是一种生活。酒是另一种生活。都是生活，即使相差再远，也有相通的地方。酒是火做的水，茶是土做的水。茶喝多了，君子之间淡如水，可以在酒里体会一下小人之间的情感以及市井里不精致却扎实亲切的活法。

酒要喝陈，茶要喝新。酒喝高了，可以有难得的放纵，可以上天摘星，下海揽月。茶喝深了，可以有泪在脸上静静地流，可以享受一种情感叫孤独。

10月
20

不招人喜欢的，
是那些永远要闪烁的人。

这里又要提起我妈，那个要闪烁到底的老太太，可以说是很难搞了，只能由我爸这样“无我、虚心”到尘埃里的人，才能降伏。

10月
21

10月
22

打仗不是人生的全部。

有时候你要稍稍歇下来，发发呆。这种“浪费”，是为了更好地打仗。

人是有极限的，在现实生活中，每天都杀红眼，这种状态一定持续不了。

问：什么样的人可以相伴一生呢？

答：爱你 & 你爱，二者缺一不可。

有了这两个先决条件，还要有责任心以及包容心。

10月
24

我很希望看到职场上出现越来越多的女强人，家庭中出现越来越多吃软饭、带孩子的男人。这才是性别平等。

10月
25

争取有几个挑你毛病的朋友，
也争取有几个一直
不挑你毛病的朋友。

10月
26

老妈是我心目中的民间语言大师。

一般人会说：每个人都有朋友。到了老妈那儿，她会说："哪个卖菜的不认识三个拉板儿车的？"

10月
27

我从来没交过男朋友，但是有好多女性问我如何选个靠谱的男朋友。

这些女性当中，有些是年轻漂亮的女生，我的基因编码告诉我，任何男生都是配不上她们的。有些是风情万种的小姐姐，我的常识告诉我，她们早就有了诸多个人人生体验，在这个议题上试图给她们任何建设性的意见都是徒劳的，她们不找男朋友或者乱找男朋友，对于她们自身或者人类社会，很可能都是好事。

10月
28

世界已经够无聊了，如果不想在找男朋友这件事儿上再用理性的标准，适度回归动物本性，那就还有两种方法。

一种是 Shoot & Aim。先射击再瞄准，先相处一段，再做判断。

另外一种是回归直觉。问自己几个特别简单的问题：他能不能让你笑、能不能让你快乐、能不能让你爱不释手、能不能让你朝思暮想。

10月
30

在路上，少吃一些问题不大，
但是一定要多喝水，多喝热水。

人类的膀胱比鸟类的大很多，但是也不是用来取代厕所的。别嫌麻烦，多上厕所，然后多喝水。别嫌路上的厕所脏，上脏厕所比憋着的好处大很多。

我老妈说我念了八年医，只会说：少着急，多喝水，多休息。有一次，她声称自己生病，去见我导师，我导师和她说的也是这九个字。

第一，还是要养成手工备份的习惯。

第二，年近半百，还是要赶快立遗嘱。

第三，吃饭时不要动手机。

第四，昏睡前不要看手机。

第五，大方便时不要带手机。

第六，大酒后不要碰手机。

第七，开会不要玩手机。

第八，如果可能，一周有一整天不用手机。

哀莫大于：手机死大于心死。

大行家们穷尽脑汁去考究

李朝瓷器 它只是站着

第一次遇见你 你也只是

站着

11月

11月
1

我常把历史书当成练习题集来读，看完情景描述，大殿上大臣禀报，掩住后面，自己在脑子里总结利弊，先做判断，再看历史上真实的决定是什么，后果是什么。

经过十几年这种训练之后，我再去读商学院，发现如此小儿科。

11月
2

无论如何青春的肉体终会消逝，

可以珍惜的时候就要好好珍惜。

男生曾反复被三个女生问道：你们七〇后男生是怎么回事儿？怎么总是不主动？

其实，其他年纪的男人，也不比我们这些七〇后主动多少。既不迷恋自己的肉身，也不迷恋身边人的肉身。比起摸不到心爱的姑娘的手，摸不到自己的手机似乎要严重百倍。喜欢的人只活在手机里，隔着屏幕点个赞、送个花，就妄想能得到女神垂青，事实上，根本不知道女神的真名真姓真三围。

11月
3

两千多年前的孔子说："四十不惑。"我猜想，他当时就是明白了这一点：为了牛气，付出太多代价，就是傻。

11月
4

现在的女人想当女神似乎越来越难。老公越来越忙，儿子越来越有主见，婆婆和姑嫂以及小你十岁以上的姑娘们在化妆品和整容技术武装下，老得越来越慢。

老公忙得小跑去洗手间的时候，你让他陪你去看夕阳，看多了，即使他还能保持隐忍恬退悠然南山的心态，他的前列腺也快发炎了。儿子有了自己的看法之后，你再用你的三观影响他，他会尽早搬出家去住校，逃离你的魔爪。和婆婆、姑嫂或者美艳小姑娘的竞争也很无聊，美容手术太痛，化妆太烦，健身太累。即使自己努力增加修养，背唐诗三百首、弹古琴古筝、练茶道花道香道，老公儿子还是贪看手机，“谁来共我山头住”？

11月
5

虽然可以做功利的事，但不见得所有的时候都要功利。

不必每次都有议程，有些无用之用，其实比有用之用更管用。

就像你去拜佛，不见得有具体的事要求佛。

11月
6

不能总用话哄人。
钱、资源、时间是真正的给予。

11月
7

关系是相互的。

任何一方，不要太自我。

哪怕你貌美如花，哪怕你权倾天下，但是不要认为，别人为你做所有事都是应该的。

有的人，你看一眼，还想再看一眼；有的人，你看一眼之后，立刻把目光挪开。这跟长得好看不好看，没有绝对的关系。

真正长期滋养的关系，你看他，他看你，彼此不相厌，甚至相互喜欢。

11月
10

每个人都是一个宇宙，一脑门子心眼和心思，一刻都不停止。

每个人的心思都不一样，同一个人不同时刻的心思也可能不一样。

不要去想周围人的心眼和心思，既然想也没用，那就索性不想，把力气花在能使出力气的地方。

11月
11

少年，打铁还要自身硬。

加油！

1. 清空购物车，是生命大和谐的前提。

2. 怎么能够等到女朋友提出要求呢？

3. 这个行为正确的定义，不是“帮”女朋友清空购物车，而是帮你自己留住现任男友的位子。

4. 女生买买买，有各种原因，但有一个原因可能致命：既然无法在你身上获得满足，不如在购物中寻找满足。

5. 目前来说，这是最美满的结局了。清空购物车，总胜过跋涉在辽阔的草原吧？

6. 少年，打铁还要自身硬。加油！祝福你！

11月
12

年龄，不是结婚的必要条件。

唯一衡量结婚的条件，是那一个人。

11月
13

今天是我老妈的生日，也是我老爸的祭日。

草木一秋，人生一世。

11月
14

不醒處

馮唐書

11月

15

一个让我困惑的问题是："我爱你"只有三个字，说一下很难吗？如果觉着说话难，那就拿出行动。当女朋友需要你说出这三个字的时候，微信转账521，比说有效果。

如果没有行动，那还是老老实实地说吧！

11月
16

为什么没有真正仔细谈过恋爱的女生，反而能写出最美好的爱情？

只能说在女生真的谈过恋爱之后，了解了男人的龌龊油腻之后，她们就出现了严重的希望幻灭，就不会那样去爱了。

11月
17

年轻时，觉得错过、没得到是那样地不甘心，那样地痛苦。

但是隔一段时间来看，老天那样的安排，有可能是最好的安排。

总比两个人没有相互觉得特别合适而在一起，之后出现各种各样的花残、月缺、雪消等啼笑皆非的麻烦，变得人不是人，鬼不是鬼要好。

有可能存一点美好，也是老天的一种善良。

11月
18

一辈子没多长，
一辈子喝不了多少酒。

多数人类包括不少禽兽都有筑巢的冲动，尽管生没带来一物、死带不走一物，生死之间，总想有块自己私有的窝儿。

人都有个妈，我也有一个。

我妈到了城市，很快就开始念叨，她想要有个大房子。我说这想法和草原习俗不符啊，她说她也不知道，但是她就是想要。

我想，这些说不清楚但是一定想要的，往往根深蒂固地被编码在人类基因里。

11月
20

人最好有很多朋友。

朋友们就散住在附近几个街区，不用提前约，菜香升起时，几个电话就能聚起几个人，酒量不同，酒品接近，术业不同，三观接近。

菜一般，就多喝点酒。酒不好，就再多喝点。很快就能高兴起来。

一生中，除了做自己喜欢的事儿，剩下的最重要的事就是和相看两不厌的人待在一起。

11月 21

11月
22

我们的生命总有起起伏伏，就像北京的一年总有春夏秋冬。日日是好日，你一生中没有一天是坏日子，都是正常的日子，要用平常心去看待。

11月
23

如果自己都不是一个真好玩的人，凭什么要求别人是个真好玩的人?

如果自己都不是一个真好玩的人，即使遇上真好玩的人，又有什么资格占人家的时间?

那些宅不住的人，宅不爽的人，也是不能和自己相处的人。

不能和自己相处的人，早晚也是别人的麻烦。

11月
24

生而为人，欲望满身。

我问过老妈：“您在生命的尾声，为什么还有那么多欲望？清心寡欲不就不油腻了吗？为什么收拾了三天房间，最后的结果是什么都没扔掉，反而捡回了三盆巨大的蟹爪莲？”老妈回答：“我如果没有了欲望，我就不是活物了。我生，故我欲。我欲，故我生。生而为人，欲望满身！”

11月
25

骂人也要在心里骂。

老妈喝了一口龙舌兰酒，告诫我："你现在说话越来越有人听了，你要更加小心。做人要圆滑，别人不爱听的，不要说，尤其是那些人比你腰粗的时候。骂人也要在心里骂，骂得多了，他们也能听见，但是他们又没证据，只能干着急。"

11月
26

如果人知道自己一定会死，
就容易三观正确。

不正确的三观及其表现多了去了。比如，执着地认为得到了某个职位／荣誉／财富数量，人生就圆满了；比如，几乎无时无刻都有差别心，都觉得自己比别人强；比如，总质问世界和他人为什么不是自己以为的样子；比如，自己失去对于自己时间的控制。

11月
27

在和世界产生巨大矛盾时，我越来越认同屈原的做法，保有精神和肉体的洁癖，不管时俗，不管当天的天气，不再给无聊的人任何时间，不再把欲望推给明天，带一具自己的肉身、一本古老的诗、一瓶醇香的酒，找一小时、一天、一周、一月的时间，找一条河、一个湖、一段公路、一座山，用诗罩心，用酒罩头，暂时不在如同死。

11月
28

扯脱人生观和世界观，难啊。

我深切地体会到人和人是不同的。哪怕你摆出最浅显易懂的道理，还是会有无数人跳出来反对，以此显示自己多么与众不同，何况你亮出来的不是那么明确的对错。

长期形成的世界观和人生观仿佛绳索，绳索不除，所有的努力只能让绳索把身体勒得更紧。

11月
29

习惯性地少想，
把一辈子当成一天过。

人类是上辈子积德不够才在今生又转生为人，而不是一株植物或者一只飞鸟，人类都是一身毛病。但是如果我们放下妄念，还是能活得有个人样儿，哪怕在今生。

11月
30

钱是要有一点的，但是不要太多，能自给自足、经济独立就好。

钱太多的话，活着的时候是负担，你周围会出现一些虚假的好人和真实的敌人。死的时候有很多钱，无论上天堂还是下地狱，都是会被笑话的，进门的时候就会被认定出身不好，下辈子一辈子难翻身。

有多少钱合适？够用就好。精神世界可以丰富，生活要简单。生活简单，够用的要求就不高，你就不用为钱所累。

12
月

我最感激老妈的是她的散养方式。不会管我干什么，不会帮我做决策。最多对我找什么样的女朋友会表示不同意见。

她只有一个意见，那就是：无论这个女的是谁，都不太行，找谁她都觉得人家在道德品性、思想建设以及情商智商上都有严重问题。

她的不同意见后来也变成相同意见了。

12月
2

是撅着屁股使劲儿挣呢，还是调低对生活的预期？

“薄酒可以忘忧，丑妻可以白头。

徐行不必驷马，称身不必狐裘。”

说这话的不知道是先贤还是阿 Q。

12月
3

老妈最兴奋的时候就是遇到挫折的时候，仿佛打了鸡血、喝了参汤。这种时候，她总是表现出纯正的盲目乐观精神，开个只有四张桌子的包子铺就能想到十年后挑战麦当劳。

12月

4

直男们的脑子完全无视女性的伟大：不学而知，不经意而美，每月流血而不死，不用思考就知道世事如棋、无常是常、一切无终极意义，消化一切苦难而活得比男性长久太多。

对于我来说，如果每天能不用手机定闹钟就算是老年生活了。

老年生活三要素：读书、饮酒、和好玩好看的人消磨时光。

12月
6

很多小孩子被动地出生，被用来解决他们父母的婚姻问题和人生问题。父母生小孩儿的时候，没征求过小孩儿的同意。既然生下来了，父母就应该尽到养育的责任。

父母应该和孩子们约定好人生三个基本目标：不作恶，开心，自己养活自己。

如果能达到，就是很好的一生了。

12月
7

破坏

12月
8

一些朋友带着他们的孩子在宇宙间晃悠，以为这些孩子是世间仅有的精灵和财富，不在这些孩子身上使尽力气就是不共戴天。

我想说的是：第一，我们目光所及的孩子绝大部分是庸才、俗人、路人甲，这是一个统计学常识，天才一定是绝对少数，几十年、几百年出一个，为什么下一个苏东坡一定是你手边这个娃？第二，如果你手边这个娃真是苏东坡，你做什么或者不做什么都不会改变他一丝一毫，你何必着急和努力？曹雪芹落魄困顿，八大山人国破家亡，完全不影响曹雪芹是曹雪芹、八大山人是八大山人。

如果身为人之父母，一定要努力，不要溺爱孩子，要培养孩子的好习惯（如果你不能培养你自己的）。

地球居不易，想来想去，我设立了三个原则，要求自己尽全力做到：

第一，因材。不能拧巴，是关公就要大刀，是孔明就论天下。

第二，尽力。即使做不到最好，至少要做到用尽自己的力气。

第三，笃定。不着急，不害怕，做到底。

12月
10

你的秩序是你给自己的。

你的烂摊子，你不收拾，谁来收拾？

别人来收拾，你如何放心？

你写完字，画完画，喝完茶，点完香，其实事情还没做完。你能恢复一切如初的样子吗？如果不能，你心里念叨什么“一切若只如初见”？

一室不扫，如何扫天下？一上街，你遇上你以为是女神的人，你就丢魂儿，我如何把我的手包交给你？

12月
11

如果一个人不能管理好自己的时间，他也不能管理好自己的生命。

如果一个人屡次失去对自己时间的控制，这个人距离全面失控已经不远了。

守时其实并不麻烦，提前十五分钟到见面的地点就好。

如果不能，就不要约。

12月
12

自己的事情自己做，
不给别人添麻烦。

能做到这点的，在我的认知中，已经是贤人。如果在此基础上，还能帮助别人（包括父母）做些杂事，让别人的麻烦少一点，这个人一定是贤人中的贤人。

12月
13

为了自己不疯，应该逼着自己去做跟工作不一样的事。去看看世界，谈谈恋爱，喝喝茶，焚焚香，看看书，等等。

把爱好做得专业一点，越沉下去，越有乐趣。

12月
14

无助

12月
15

现实往往是残酷的，
认清现实的残酷，
的确不容易开心，
但也不容易幻灭，
总比犯傻强。

12月
16

午夜之后，
没有什么是一个肉夹馍解决不了的，
如果真有，
那就再补一碗凉皮。

12月
17

如果你忽然有所企图，想赢，想去打，千万不要在起心、起念的瞬间，就“咔嚓”砍掉。

那些病态“佛系”的人，就是一有了胜负心就砍掉，比如，我今天俯卧，明天再撑。

12月
18

别整天“我我我”，你看你的邮件、你的微信，你会发现你百分之八九十的话都是以“我我我”开始的。你又不是冯唐，你没那么自恋。

在麦肯锡，我们给新人的第一条建议往往是你走到这个世界上，走在这个社会里，别太把自己当根葱，要摆正自己的位置。

在多数情况下，
人是习惯性地高估自己，
最不能接受的事就是自己不行。

小时候，你是世界的中心，别人都认为你行、你行、你行，这样你才会走路，你才会说话。但长大之后，你得把自己往后扳。这个扳的过程，很多人做得不好。人最不爱承认，其实自己就是一个凡人。根据自然规律，天才是极少数的，凡人是绝大多数的。大多数人在大多方面是不行的。的确有天才存在，但这个天才不一定是你。

12月
20

减少无效社交，减少工作关系，减少生活关系，减少不能给你带来愉悦的一切关系、事情、产品，把你最有效的时间放到最能给你快乐的地方去。

12月
21

12月
22

有次见到我哥，他五个星期没剃头，两个星期没剃胡子，须发斑白，戴了个老花镜坐在沙发上看书，拒绝喝酒。老妈问他：“你开始修佛了？”

我哥说，他这么做有两个目的。第一，给老妈看，他这么大了，不要老逼他为社会做巨大贡献了，什么去广西造水泥，去阿富汗开矿山，去埃及挥舞小旗子振兴华语旅游；第二，给我看我不远的将来，不要老逼自己。书读不完，事儿做不完，文字也写不完。

老妈总说我从小鸡贼。我问老妈："我不吃糊涂亏而已。您说，我欠过谁吗？"她沉思很久，说："没，除了你妈。"我接着问："您在什么事儿上吃过亏？"她想了很久，说："生了你们仨。"

12月
24

我老姐回来度假，我撺掇她尽量把老妈的东西扔扔，特别是占地儿又没用的。

老姐度完假回去了，老妈在微信群里骂：谁把我带回北京的圣诞树扔了？

如今圣诞节就要到了，要庆祝，没有圣诞树可怎么办？

老妈说：“今儿有点冷，估计圣诞老人都冻傻了，你陪我出去逛逛，慰问一下他们，顺便也昭示一下，苍狼白鹿一族，不畏寒冬。”

12月
26

一定要有一份全职工作，
耗光自己，
造福其他人。

12月
27

老妈穿戴好，下楼倒垃圾，和遇上的某沈阳老太太吹牛：“在美国的那几年，我学会了英语！亏死闷斯（圣诞节）、柴你斯（中国人）、扎破你斯（日本人），够用了！”

12月
28

停下来，闲一闲，脑子放空了，新的开悟才能更好地发生。世界不只是增长和屠龙，忙是心忙，不忙之后，宛如新生，放下屠龙刀，暂时立地成佛。

老妈说：“我碰到的唯一一个男人就是冯唐他爸。

“从来没说过我不字儿，没管过。

“他是从印尼回来的。后来有一帮印尼华侨都要走了，那时我已经有两个孩子了。

“我说：‘你走，我不拦你，但是你得把我们的生活费给补够了，我可以不用你养，但你这俩孩子你得养。我养我妈，这是天经地义。你走吧，我真的不拦你。’

“后来他就笑了，说：‘我知道你不拦我，有好多男的追你了。’

“我说：‘哦，你还挺聪明的啊。两个孩子了还照样有人追呢，想起来也挺逗的。’

“但是我跟他说了：‘你放心，我从来不让你失望，我一定要把孩子带好。’”

12月

30

老妈说："幸福分阶段。

"年轻的时候，找一个丈夫，特别听话，就觉得我可幸福了。等着生活一段时间就不是那么回事儿了，就该吵架了，该挑毛病了，它总有那么一段过程。

"眼看都要离开了，哎？在某种条件下，俩人又好了。一段儿一段儿的。

"像我们七老八十的有个伴儿就行了，我还想找个伴儿呢。

"但是跟我那个原来的老头儿一模一样，不可能实现。

"你说再找那样的人干吗？算了，还不如自己呢。"

12月
31

跟老妈相处，

没有最快乐的时光，

因为没有不快乐的时光。

最想和老妈毫无干扰地待一两个月，有酒，有肉。最想告诉她：傻人太多了，骂不完，就放过他们吧。

图书在版编目（CIP）数据

今宵欢乐多 / 冯唐著 . —北京：北京燕山出版社，2022.1

ISBN 978-7-5402-6334-8

Ⅰ . ①今… Ⅱ . ①冯… Ⅲ . ①随笔—作品集—中国—当代 Ⅳ . ① I267.1

中国版本图书馆 CIP 数据核字（2021）第 271782 号

今宵欢乐多

著　　者：冯　唐
责任编辑：郭　悦　李瑞芳
封面设计：别境 Lab
出版发行：北京燕山出版社有限公司
社　　址：北京市丰台区东铁匠营苇子坑 138 号嘉城商务中心 C 座
邮　　编：100079
电话传真：86-10-65240430（总编室）
印　　刷：河北鹏润印刷有限公司
开　　本：787mm × 1092mm　1/32
字　　数：185 千字
印　　张：12.5
版　　次：2022 年 1 月第 1 版
印　　次：2022 年 1 月第 1 次印刷
I S B N：978-7-5402-6334-8
定　　价：88.00 元

如发现图书质量问题，可联系调换。质量投诉电话：010-82069336